二見文庫

むれむれ痴漢電車

深草潤一

目次

むれむれ痴漢電車

第一章　密着状態

1

通勤時間帯の混んだ急行電車に乗り込んだ並木義和《なみきよしかず》は、ふうっと大きくため息をついた。

——こんなのに毎朝乗ってたんだな。

退職してひと月あまりが過ぎると、久しぶりの満員電車がずいぶん懐かしいものに感じられる。いつもうんざりしていた混雑も、とりあえず今日だけ我慢すればいいのだと思えば気が楽だった。

長年務めた会社が業務縮小に伴って希望退職を募ったのは半年前のこと。義和は五十五歳だったが、一昨年に妻を病気で亡くしてから仕事も私生活も張り合いを欠いていたので、区切りをつけるいい機会かもしれないと考えて応募した。

六月に退職した彼は、再就職に向けて動きだす前に少しのんびりするつもりでいる。一人娘は結婚して家を出ているので、自分だけなら生活費もさほどかからないし、割増の退職金が入るので慌てて職をさがす必要もなかった。

そうはいっても失業保険はもらいたいので、とりあえず受給者登録をしておいた。保険の給付を受けるためには、月に一度の認定日にハローワークに出向かなければならない。今朝がその第一回目だった。

ようやく梅雨が明けて、朝から気温が高い日が続いている。車内はぎゅう詰めの一歩手前、隙間がほとんどなくなっているが、冷房のおかげで不快な気分は何とか免れている。顔に冷気がかかるのが心地よくて、義和は頭上の送風口をぼんやり見つめていた。

すると、右肘の少し上に何か柔らかいものが触れた。

もしやと思って見ると、斜め後ろにいる若い女のバストだった。気づいてすぐさま肘を引いたのは、通勤していた頃の習性だ。

――痴漢かと思われたら面倒だからな。

そんな気はさらさらなくても、いったん疑われたら、男の方が圧倒的に不利なのは間違いない。実際にそういう騒ぎをしばしば目にしていたし、周りの乗客が取り押さえて駅員に突き出すのも見たことがある。

ところが、腕を離したのに、男の本能をそそる柔らかな感触だけはまだ残っていた。夏でもスーツだった会社勤めの頃と違い、半袖シャツから肘が剝き出しになって、より敏感なせいかもしれない。

——慌てて引っ込めなくてもよかったかな。

そんな気持ちになるのは、実に久しぶりのことだった。何しろ義和は、五年前に妻の乳がんが見つかってからずっと、性欲とは無縁の生活なのだ。手術、抗がん剤治療、再発と続いてセックスどころではなかったし、亡くなった後は落ち込んでオナニーの欲求すら起きなかった。

それが今朝は、混んだ電車で若い女のバストがちょっと触れただけで、その感触に心が動いた。思いきって会社を辞めて、本当に区切りがついたということだろうか。

しばらく名残を惜しんでいると、電車が揺れた拍子に再び触れたので、またそちらに目が行った。盛り上がった白いシャツに、ブラジャーの淡いピンク色とカップの刺繍が浮き出て見えてドキッとした。

会社がセクハラに過敏だったサラリーマン時代は、女性の胸元を間近で見つめることなどタブーだったから、たったそれだけのことでもどぎまぎしてしまう。まるで初心《うぶ》な中学生みたいだ。

慌てて視線を戻したが、おかげで女のバストから気持ちが離れなくなった。怪しいと思われては困るので、もうチラッとでも目をやるわけにいかないが、ふとしたことでまた触れそうな位置にある。

──もう一度、揺れたら……。

自分から触れてみようという気はないが、これだけ混んでいるのだから、揺れて接触するのは仕方がないだろう。

都合のいいように考えていると、カーブで体が前に傾いて、期待した通りになった。さっきよりも膨らみがしっかり当たっている。

全身の神経がその一点に集中した。女は義和より頭半分くらい低いようだった。触れているのは二の腕といっても肘のすぐ上の部分、半袖から肘が出るちょうど境目あたりでとても敏感だ。ブラジャーのカップも、その下の乳房のボリュームも柔らかさもはっきりわかる。

しかも、今度はすぐに離れてしまわないで、体勢が戻ってもやんわり触れたままになった。

――オッパイだ……。

若い女性のバストだと思うと、頭がボーッとしてくる。最初にチラッと見た印象では、二十代前半くらい。髪は短めでやや細面、何となくおとなしそうだった。もしかすると社会人一年生かもしれない、混んだ通勤電車にようやく慣れてきた頃だろうか、などと想像を巡らせるうちに、二の腕の感覚はますます研ぎすまされていった。

巨乳というほどではないが、ツンと突き出したような接触感は、スタイルの良さをうかがわせる。ほっそりした体にバストがくっきり目立つシルエットを頭に描くと、股間がむずっと騒いだ。たとえわずかでも下半身が反応したのは意外だった。

――俺もまんざら捨てたもんじゃないな。

さらにバストの手触りを想像すると、じんわりとペニスの血流が増える。これといって刺激を加えたわけでもなく、頭で考えるだけで逸物が反応したことに、密かな歓びを覚えた。何となく気持ちまで若返るようだ。

義和はちょっとだけ腕を押しつけてみたい衝動に駆られた。だが、迂闊《うかつ》にそんなことをしたら怪しまれるだろう。ここはじっとして電車が揺れるのに任せるしかなさそうだった。

そうこうしているうちに停車駅に着いて、背後のドアが開いた。さらに乗客が乗ってきて、義和は一歩前に詰めながら、さり気なく後ろをうかがった。

女も後ろを気にして詰めてくる。おとなしそうというか、清楚な感じだった。こちらを気にしている様子もなく、さっきよりさらに近づいて体が接触する。残念なことにバストではなく、腕と腕だった。

背中にはバッグを抱えた男の両腕が当たっている。密着するのを避けるためにそうしているのだろう。おかげで義和には腕を動かせる隙間があって、少しずらせばバストに触れそうだ。

――電車の揺れに合わせて、ちょっとやってみようか。

その気になっている自分を、意外と感じることもなかった。

混雑した電車で女性と密着すれば、男の血がむらむら騒ぐのは当然で、義和だって若い頃は女の尻を触ってみたいと何度思ったかしれない。実行したことは一度もないが、衝動を抑えるのにけっこう難儀したものだ。

結婚してからはそうした欲求を抑えることが当たり前になった。捕まって会社を解雇されたり、妻にも知られたりといった可能性を考えると、それが自然な成り行きだった。

ところが、会社を辞めて失職の心配がないせいか、今朝の彼はそこまで強く意識していなかった。もちろん疑われてはまずいと思うが、警戒心が薄れているのは確かだった。

それだけ若い女の胸の膨らみが心から離れなくなっていたし、二十代の性欲旺盛だった頃、満員電車で痴漢したい欲求に耐えていた記憶が、懐かしく甦るようでもあった。

ドアが閉まって電車が動きだすと、反動で体が右に傾いた。二の腕が女の腕を滑って、円やかな山裾に触れる、と同時にわずかに力が入って押しつけていた。

オッパイに触れた、と感じるより先に、肘が勝手に動いてしまった。

すぐさまガードするように女の腕が硬直して、柔らかな感触が遠退いた。

――まずい、怪しまれたか！

とたんに緊張が走って、背中に冷たい汗が浮いた。義和が周りの乗客より大きく揺れたので、わざとやったと思われたかもしれない。

もう女の様子をさぐる余裕もなくなってしまい、じっと前を向いたまま身動きひとつできなくなった。ほんの少しでも頭が動けば、女の反応を気にしていると取られかねない。

積極的に痴漢を試みたわけではないが、もうちょっとバストの感触を味わいたいと思ったのは事実なので、内心ヒヤヒヤだ。さきほどとは逆に、なるべく電車が揺れないことをひたすら祈るだけだった。

2

それからどれくらいたったのか、ふと気がつくと、女の腕から力が抜けていた。発車する前と同じように腕同士が触れ合って、ガードしようという意志を感じないくらい脱力していた。

そのまましばらく様子をうかがうと、電車が揺れてもとりたてて警戒する気配がないので、ようやく安堵することができた。おそらく、彼の腕が当たったのは偶然と受け取ってくれたのだろう。

――もう、妙な下心は捨てた方がいいな。

よけいなことは考えないようにしようと決めて、窓の外に目を向ける。

義和は同年代では背が高い方なので、混雑に頭が埋もれてしまうことはなく、息苦しくもない。ぼんやり沿線の風景を眺めたり、前に立つ若いサラリーマンのスマホのゲーム画面をさり気なく見たり、とりあえず女のことは意識の外に追いやって、毎朝通勤していた頃のように、降車駅に着くまでの十数分間をやり過ごせばいいのだ。

ところが、結果的に何事もなくすんでしまうと、あんなにヒヤヒヤすることもなかったのか、という思いが強くなった。危うい状況でも何でもなく、ただの取り越し苦労に過ぎなかったのだ。

——それなら、もうちょっと続けても……。

気持ちが傾きはじめたところで、柔らかな膨らみが、またしても肘の上に触れた。さっきとは違う感触で、薄いシャツ一枚だけ隔てたブラジャーのトップがやんわりと触れた。

一緒に女の腕も当たったが、ガードするでもなく自然に先端が触れたので、どうやら義和のことは警戒していないらしい。おかげでもう、外の風景で気を紛らわせるどころではなくなってしまった。

立ち位置が少し横にずれたのだろう、いったんトップが触れてからは、車両が揺れるたびに何度も繰り返される。

――全然気してないのか……明らかに当たってるのに。

平然と触れているので、何か別のものではないかと疑ってみたが、女の腕の横に感じる山頂の円みは、間違いなくバストだった。

電車の小刻みな揺れとともにつんつん触れるときもあれば、すうっと掃くように滑るときもある。面よりも点に近いようなわずかな接触が、かえってなまなましく感じられる。義和の方が受け身で、痴女に挑発されているような錯覚に陥りそうだ。

腕の方は接触している時間がもっと長いので、女の体温がじわじわ伝わってくる。それが車内の冷房のせいでいっそう熱く感じられ、義和の股間の血流をざわつかせた。

女は混んだ電車だから多少のことは仕方ないと諦めているのか、あるいはそもそもこれくらいはどうってことないのか。清楚に見えて、意外に遊び慣れているのかもしれない。

それとも、ちょっとしたことですぐ防御して、自意識過剰な女と思われたくないのだろうか。いずれにしろ、義和をさほど警戒していないことだけは明らかだった。

誘っているような接触が続くうちに、ペニスがむずっと蠢いて、邪《よこしま》な気持ちが盛り上がった。ほんの少しだけ腕を動して、弾力を確かめてみたい。だが、さきほどのことがあるので、まだ躊躇《ためら》いが先に立っている。

さっき腕に力が入ったのを意図的でないと受け取ってくれたのであれば、いまバストの先が触れているのも、こっちは気づいてないように装う方が賢明かもしれない、と考えたりもする。下手に動かないで自然体でいれば、電車の揺れが大きくなったときに〝いい思い〟ができそうだ。

電車のスピードはかなり上がっていて、断続的に横揺れが起きる。乗客はそれぞれドアの方を向いて、前後にふらつくのを踏ん張っている。

バッグを抱えた後ろの男の両腕が、揺れるたびに背中を押す。普段ならチラッと目をやって不快な気持ちを伝えるところだが、そんなことなどどうでもいいくらい期待感が高まっている。

義和は二の腕が女のバストと腕の狭間に収まる位置をキープした。

円やかな稜線が軽く触れるのを心地よく感じていると、急にグラッと揺れて、裾野のあたりまで深く押し当たった。突き出すようなカーブが悩ましく、同時に腋の下の温もりとわずかな湿り気まで伝わってきた。

だが、すぐ元に戻ってしまうと、女の肘のあたりに少し力が入って、バストを庇《かば》うようになった。それでも軽い接触は続いているので、怪しまれたわけではなく、揺れに備えてのことだろう。

相変わらず山頂の円みが微かに触れたり離れたりしている。義和はその絶妙な距離を保つことにすっかり慣れてきた。

だが、しだいにそれくらいでは物足りなくもなっていた。さきほど一瞬だけ味わえた強い密着感が、脳裡を妖しく占領してしまったのだ。

バストはもちろん、間接的ではあったが汗ばんできた肌の感触にも烈しくそそられる。湿った肌が官能的な想像をかき立てるのだ。

――揺れるのを待ってないで、ちょっとだけ押しつけてみては……。

無理は禁物だが、誘惑を堪えようとするとしだいに気持ちが焦れて、かえって昂ぶりを煽る結果になる。

義和はとうとう我慢できなくなった。強く押しつけるのはリスクがあるとしても、少し動くだけなら大丈夫そうな気がする。

揺れて横に傾く瞬間、足を踏ん張って逆に体を傾けると、腕の裏側でバストの頂上が擦れた。それで乳首を刺激してやった気分になる。

実際に乳首の真上に接触していたはずだが、女はとりたてて体を離そうとはしなかった。

それで気を良くして、次は同じタッチで往復させてみた。が、やはり逃げる気配は見せない。強く押したわけではないから、意図してやっていると思わないのだろう。

——どれくらいまでなら、疑われずにすむだろう。

何度か繰り返すうちに慣れてくると、もう少し冒険したくなり、揺れに合わせて上半身を軽く揺すってみた。右に左に、ときには前後にも、接触点だけを意識して、動きが大きくならないように細心の注意を払う。

しばらく続けるうちに、わざとやっていると気づかれない自信がついてきた。これくらいなら多少動いても大丈夫そうだとわかり、自分が安全地帯にいるという確信が持てる。慎重に動いているので、周りの乗客にも怪しまれずにすんでいる。

ところが、問題がないとなると、またしても物足りなさを感じるようになった。

ちょっとくらい腕を押しつけても平気ではないかという気がして、躊躇いが薄れてくる。

それを待っていたかのように電車はカーブに差しかかり、周りの乗客と一緒に前にのめった。女も寄りかかってくるのを感じると、無意識のうちにバストの中心を狙ってわずかに腕をずらした。そこに柔肉の弾力が、むにゅっと覆いかぶさった。

足を踏ん張って堪えながら、二の腕で押し返すようにバストを受けとめる。予想を超える甘美なボリュームに、思わず息をのんだ。

——なんて柔らかい！

女は義和の背中に腕を当てて支えにする代わり、胸元はすっかり無防備だ。円やかな肉丘を惜しげもなく押しつけられ、目も眩《くら》むような心地よさを感じる。ゆっくり味わっている間もなく元の体勢に戻ってしまうが、あまりに柔媚な密着感は、腕と脳裡にしっかり焼きつけた。おかげでペニスは毛叢を押しのけて膨らみ、みるみる芯が通ってくる。

ブラジャーのカップはけっこう薄かったように思う。やけに乳房が柔らかく感じたのはそのせいだろう。もしかすると、バストの先が擦れると、ブラをしていても乳首が感じるのではないか。義和が気づいていないと思って、案外、偶然の接触を愉しんでいたのかもしれない——そんなことを想像して、勝手に胸を昂ぶらせた。

薄着のシャツもブラジャーも剝ぎ取って女の裸体を思い描き、チラッと見ただけの顔と合体させてみる。すると、下腹の奥から力が漲って、肉塊はいっそう硬く膨張するのだった。

3

それから少しして、次の停車駅に到着した。

終点のひとつ手前のここでも降りる人は少なく、車内はさらに混み合う。義和の頭の中はもう若い女の乳房でいっぱいだ。混雑に乗じてもっと愉しい思いができないかと、そのことばかり考えている。

女が押されて真横に来てしまっては面白くないので、後ろから押し込まれるタイミングを見計らって一歩右に出た。すると女は背後にほぼ重なる形で密着し、狙い通りの体勢になった。

さすがに満員とあって、両腕をすぼめてバストを庇っているが、双丘の先がしっかり背中に触れている。ほんの少しずれれば、二の腕で右側の頂に触れられそうだ。

——うまく行きすぎかも。

スレンダーな体つきを背中に感じて、思わずほくそ笑んだ。

通勤していた頃はいまの逆で、ぎゅう詰めになるときは誤解を招かないよう、女性と重ならない位置にずれたものだ。咄嗟にそれとは真逆の動きをしたが、こういうのが痴漢の身のこなし方なのだろう。

さっきまで感じなかった甘いコロンの香りが微かに漂っている。前も横も男ばかりだから、後ろの女の匂いに違いない。これもぴったり密着したおかげだと思い、にんまり口元を緩めた。

ゆっくり、深く息を吸いながら、背後の感覚に気持ちを集中させた。すぼめた両腕の先、バッグを持つ女の手が腰の下に当たっている。腰の下というよりほとんど尻だ。ただ触れているだけなのに、女性の手指の細さ、柔らかさが感じられて妙にぞくぞくする。

間もなく発車のサイン音が鳴り終わって、電車が動きだした。乗客全体がゆらりと傾いて、女の腕やバストの先が、背中に貼りついたまま身悶えするように蠢いた。

元の姿勢に戻ると、女はバッグを落とさないようしっかり握り直した。その手がもぞもぞっと尻をくすぐり、こっそりいじられたような心地よさが、股間の逸物をさらに元気にする。

——触られてるみたいだ。

痴漢に触られる女性の心持ちが、何となくわかる気がした。

こういった公共の場でこっそり触られると、二倍も三倍も敏感になるようだ。尻の上にある女の手がほんの少し動いただけなのに、義和のペニスはしっかり反応している。

女性の場合、ほとんどの人は嫌悪感を抱くだろうが、触り方によっては、案外、気持ちよくなってしまうことがあるかもしれない。

まあ、男と女で感覚は異なるとしても、誰もが痴漢を嫌悪しているとは限らず、中には〝痴漢ウェルカムな女〟もいるのではないか。そんなことを考えたとたん、背中の柔らかな圧迫感にハッとなった。

——この女はどうなんだ？

さきほどは、偶然の接触を密かに愉しんでいるのでは、と思ったが、それ以上に痴漢を許容するタイプという可能性はないか。

そうだとすれば、義和が積極的に触らないのはむしろ物足りなくて、痴漢らしい大胆な行為を待っているのかもしれない。

――いや、いくらなんでもそれは……。

飛躍しすぎだろうと思い留まる。だが、その考えを捨てきれない何かが、何度も背中に触れる柔らかな膨らみにはあるのだった。

密着状態で揺られているうちに、義和はもう少し大胆に出てみようかという気になった。女の反応に注意しながら、危なそうなら即刻中止するつもりで試してみることにした。

揺れてほんの少し隙間ができた瞬間、バストの横を狙って右肘を少し後ろにやると、円みをむにゅっと押してそのまま重なった。腕とバストの狭間に強引に肘を割り込ませる恰好だ。柔肉が背中にもろに押し当たって、女はもう腕をすぼめて庇うことができない。

そのまま電車に合わせて体を揺らすと、あたかも肘で乳房を揉み込んでいるような愉悦にひたれる。肘だけを動かすと故意だとわかってしまうが、しっかり脇を固めていれば大丈夫そうだ。

それでも女は、押し返すように腕に力を込めた。右手をバッグから離し、肘を曲げて義和の腰にあてがう。左手はストラップをしっかり握り直そうと、もぞもぞ動いている。

できるだけ体を離そうとするが、義和を痴漢と思って強く拒絶する感じでもない。どちらかと言えば、苦しい体勢を何とかしたいようだった。

義和は少しだけ体を引いて圧迫感を緩めてやった。隙間ができないように、慎重に電車の揺れと力加減を計りながらだ。

すると女も少し力を緩めたが、まだ腕とバストの間に二の腕が収まっている。強く当たってはいないが、触れたままになっていて、それでも接触を嫌って体勢を変えようとまではしない。

――これで拒否しないってことは、やはり可能性はあるのかも。

痴漢の心理に近づいている自分に昂ぶりを覚えた。ついこの間まで過剰なほど警戒していたが、それよりずっと以前は、満員電車の妖しい誘惑に日々悶々としていたのだ。

忘れていた二十代の頃の欲求がにわかに目を覚まし、ここ数年、すっかり影を潜めていた男の本能を焚《た》きつけたようだった。

圧迫を弱めたおかげでかえって感触はよくなり、乳房の弾力をしっかり味わえるようになった。とりわけ横の膨らみの柔らかさがたまらない。押されてはみ出し気味になって、ボリューム感もいっそう増している。電車の揺れに合わせて小刻みに体を揺らすと、二の腕と背中にぴったり貼りついたまま、撓《たわ》んでは戻ってを繰り返す。

しばらく堪能していると、さらに欲が出てきた。

——もう一度、乳首のあたりを刺激してみようか。

それもさっきと違って大胆にやってみたい。もし痴漢を受け容れる女なら、いつまでも偶然を装ってないで、意図的にやっていることをわからせた方が、より昂奮するに違いないと考えた。

そこで義和は、揺れて後ろに重心が傾くタイミングを見計らった。踏ん張って堪えると、密着していた女と少し隙間ができた。すかさず肘をバストの先端にあてがい、体勢が不安定な中でぐりぐり円を描いた。

女は仰け反って倒れそうになるのを何とか堪え、義和もふらつきながら懸命に肘を動かす。こんな車内で柔らかなバストの先をこね回せるなんて、夢のようだ。

ほんの一、二秒だったかもしれないが、至福の時はまるでスローモーションのように流れ、元の姿勢に戻ったところで、柔肉が肘に押し当たってぐにゅっとよじれた。

なおも円を描き続けていた義和は、バストを荒々しく揉み回すことになり、突き上げる快美感で目が眩みそうになった。一瞬、頭の中で真っ白な閃光が弾けるような感覚に襲われたのだ。

その直後、女の手が驚くべき力強さで割り込んできて、快楽にひたっている肘を突き剝がした。義和にしてみればあまりにも唐突な出来事で、何が起きたのか理解するのに少々時間がかかった。

——拒絶された？

今度は完全なストップモーションで、凍りついたように固まってしまった。背筋を冷たいものが流れ、顔から血の気が引いていく。

ちょっと度が過ぎたとかではなく、元々痴漢を許すような女ではなかったのかもしれない。最初からありもしない可能性を夢見ていたのだとすれば、これは危険極まりない状況だった。

——周りの乗客に訴えるのか……。

恐々として女の出方を待った。

数人の乗客に取り押さえられ、駅員に突き出された痴漢の姿が脳裡に浮かぶ。必死にシラを切るのが何とも哀れだったが、自業自得だと思うと同情の欠片《かけら》も感じなかった。そんな記憶の中の映像が、いつの間にか自分に置き換わっている。

だが、しばらくたっても何も起きなかった。ただ、女のガードはずっと強固なままで、二度とバストに触れさせないという強い意志が表れていた。

――このままだったら、セーフか？

女は事を荒立てるつもりはないのかもしれない。少しばかり希望が湧いて、冷汗が引きはじめた。このまま駅に着くまでおとなしくしていれば、何とかなりそうな気がしてきた。

やがて終着案内のアナウンスが流れ、強張っていた体からすうっと力が抜けていった。女に騒がれることなく無事に到着すると、ようやく安堵のため息を洩らした。

開くのは背後のドアだが、顔を見られたくないので、女が体の向きを変えるのを待って義和も続く。女は振り返りはしなかった。

――助かった！

と思った瞬間、股間に甘い衝撃が走った。後ろから押されて、逸物がちょうど女の尻の窪みに嵌《は》まり込んだのだ。

夏物のスカートは生地がとても薄い。義和も今日は綿麻混の薄くて柔らかいズボンなので、これ以上ないくらい甘美な肉感に包まれた。

――うっ……こ、これは……。

さっきの緊張で半萎えになったものが、みるみる回復していく。気持ちよすぎて勝手に腰が迫り出してしまい、感度はさらにアップした。

降車口へ急ぐ乗客に揉まれ、後ろから押されながら、一足ごとに股間をぐいぐい押しつける。歩く女のヒップも揺れて、妖しく波打つのがたまらない。逸物は尻の窪みに埋まったまま、極楽マッサージを受けているようだった。

ホームに降り立つと、すぐさま女とは逆の階段へ向かう。女がこちらを向きかけたのは見えたが、それきり人混みに消えた。

そそくさと歩きながら、義和は股間の心地よい突っ張り感ににんまりした。勃起したのも久しぶりだが、それ以上に若い頃に何度も経験したことが懐かしく思い出される。

当時は女性のヒップで股間が圧迫されると、あっという間に勃起したものだ。

たいていは気づいた女の方が横に逃げたり、身をよじってかわしたりしたが、それすらできないほど混み合うこともしばしばだった。

硬くなるといっそう気持ちよくて、満員状態でぐりぐり揉まれるのは最高だった。だから、手で触りたい欲求は抑えても、意図的に股間を押しつけることはときどきやっていた。

何しろ激混みになって密着すれば、股間が当たるのもやむをえない。その場合、仮に勃起しても若い男にとっては仕方ないことで、不可抗力だと言い訳が立つ。おかげで痴漢行為という認識は薄くなり、手で触ることに比べれば、ずいぶんハードルが低かったのだ。

それも結婚を機にやらなくなったから、今朝は本当に久しぶりの体験だった。改札を出ても、逸物の強張りは続いていた。右肘には、ぐにゅりと撓んだ柔らかな感触がまだ残っていた。

（あそこで無理しなければ、もっと愉しめたのか……）

女の様子をあらためて思い返しながら、義和は何かふっきれた心持ちで雑踏をかき分けるように歩いた。

第二章　スカート下は生パンティ

1

「ハローワーク、行ってきたんでしょ。どうだった」

「まあ、どうということもないけどね」

娘の沙知絵《さちえ》が買ってきた食材を袋から出して、冷蔵庫やキッチンのラックに収めている。結婚していまは夫の社宅に住んでいるが、妻が亡くなってから週に一、二回は様子を見にやって来て、ついでに買い物や食事の用意、掃除など身の回りのことをやってくれるので助かっている。

今年で二十八歳になる娘は、母親に似て生真面目で几帳面、家事をきちんとこなす専業主婦だ。そろそろ子供がほしいと思っているようで、子育てもしっかりやるに違いない。

「失業保険はすぐもらえるの」

「すぐってわけじゃない。最初の振込みまで、三カ月くらい待たされるらしい。昨日はその説明やらなんやらでさ」

居間でテレビを見ていた義和は、ボリュームを下げて昨日のハローワークでのやりとりをざっと話して聞かせた。沙知絵はそれを、キッチンで手を止めずに聞いている。

話をしながら、行きの電車のことがまた脳裡をよぎった。痴漢もどきのことをして、久々に逸物が元気を取り戻したおかげで、昨日から何度も同じことを考えているのだ。

——あそこで無理をしなかったら、もっと愉しめたのか……。

そのことがずっと引っかかっていた。

痴漢の誘惑に気持ちが動いてしまったことに罪悪感はあまりない。拒まれてやめざるをえなかったのは惜しいし、それ以上に女の反応を読みきれなかったのが残念でならない。

沙知絵はひとまず片づけを終えたようで、お茶を入れると言って湯を沸かしはじめた。義和は夏でも熱い日本茶が好みだ。

「ということは、次は十月頃ってわけね。それまでハローワークへは行かないのかしら」

「まあ、そういうことだ」

保険給付の振込みが始まる十月からは、毎月設定される失業認定日にハローワークへ行くことになるが、すぐに再就職は考えていないので、さしあたって求人状況を調べに行く用事もない。

「お父さん、本当にしばらくのんびりするつもりでいるのね、職さがしは後回しにして」

「いいじゃないか。長いこと頑張ってきたんだから、少しくらい骨休めさせてもらっても、罰は当たらないだろ」

「そう言われちゃうと、反対はしにくいけど……」

沙知絵は口ごもったきり、薬缶の湯が沸くのを黙って見ている。

娘の考えていることが、義和にはだいたいわかった。のんびりすると言っても、これといって趣味があるわけではないから、家に引きこもることになりはしないかと心配なのだ。

それは彼自身も考えたことだが、ゆっくりしながら何か愉しめるものをさがすのもいいと、とりあえずは気楽にかまえている。

会話が途切れると、またしても昨日のことが思い出された。

——ああいうのは、やっぱり経験がものを言うんだろうな。

あからさまにしなければ、痴漢と騒がれずにけっこうやれそうな気もするが、そのためにはとにかく場数を踏むことだろう。

しょっちゅう痴漢してるような男だったら、昨日の女のことも的確に見抜いて、深入りせずに軽い接触を愉しんだに違いない。しかし、初心者に過ぎない自分に、いきなり女の性格や心理が読めるはずもない。

考えれば考えるほど、もっと巧くやれないか、という思いは強くなる。残念な気持ちを引きずっているせいだった。

もしバストでなく、ヒップに股間を押しつける体勢だったら、不可抗力を装ってもっと愉しめたに違いない。またそんなことを考えてしまう。

すぐ目の前に娘がいるにもかかわらず、気持ちが満員電車の方に行っていた義和は、ふいにあることを思いついた。

――午前の早い時間に、ハローワークへ求人を見に行こうか。

さしあたって職さがしをする気はなくても、それなら混んだ電車に乗る理由になる。何の目的もないのに朝の通勤電車に乗るのは、あからさまに痴漢したいと言ってるようなもので、さすがに気が引けるが、何か理由があれば自分の気持ちを誤魔化すことができる。

また混み合った電車に揺られる自分を想像すると、昨日のバストやヒップの柔媚な感触が甦り、股間がむずっと騒いだ。

沙知絵がこちらに背を向けているのを見ながら、こっそり撫でてみる。逸物はむくむく膨らみだして、すぐに芯が通ってきた。

娘の目を盗んで股間をいじっていると、この場で摑み出したいほど昂ぶってしまう。それは危険過ぎるとしても、あからさまに握ってしごくくらいはかまわないだろう。

降りるときに女のヒップが蠢いたのを思い出しながら、自慰の手つきそのものでしごくうちに、とうとう硬く勃起した。

そのまま続けていれば射精しそうだったが、お湯が沸いて、沙知絵が煎茶を入れているところでようやくやめた。

もっこりと盛り上がりが目立つので、Tシャツの裾を被せて隠すと、沙知絵が湯呑みを盆に載せて持ってきてくれた。

「高校時代のクラスメイトで、ヨガのインストラクターをやってる人がいるんだけどね」

自分用の冷えた烏龍茶も座卓に置くと、世間話でもするようにさりげなく切り出した。義和はテレビを見ながらとりあえず話につき合ったが、ただの世間話ではなかった。

ヨガの講師をしている友だちが、この春から近くの区民センターで、隔週のペースでヨガ教室をやっているらしい。いつもは都心のヨガスタジオにスタッフとして勤めていて、そこへの勧誘も兼ねた教室なので、受講料はかなり安い。もちろんその教室だけでかまわないから、習ってみてはどうかと勧められた。

要するに、無趣味の義和が外に出かけるきっかけになればいいと、娘なりに気を使っているのだろう。それがわかるから無下に断ったりはしないが、ヨガなど興味はないので、適当に相槌を打っていた。

「お父さん、ぜんぜん運動しない人だから、健康のためにいいと思うんだけどなあ……」

沙知絵はせっかくの機会だからと熱心に説明してくれたが、義和が気のない返事ばかりなので、脈無しと受け取ったようだった。残念そうに立ち上がると、キッチンに戻って料理を始めた。いつものように今晩食べる分の他に、作り置きのおかずをいくつか作ってくれるはずだ。

義和はちょっと素っ気なかったかなと、多少反省はするものの、そんなことより、求人を見に行くという理由を思いついたことで、気持ちは舞い上がっていた。

2

義和は早速、週明けの月曜日にハローワークへ出かけることにした。

前夜から何となくそわそわ落ち着かない気分だったが、駅に着いてホームに立ってみると、体がガチガチになっていた。

先日と同じ急行に乗るつもりだが、頭の中に〝痴漢〟の二文字があるために、電車が到着する前から緊張しまくっている。

——落ち着け……焦りは禁物だ……。

自分に言い聞かせながらホームを歩いた。どの女にしたらいいか考えて、列に並ぶ女性をさり気なく見やるが、そもそも標的にふさわしい女を見分ける術《すべ》など持ち合わせていないので、ちょっと見たくらいで判断がつくはずもなかった。

外食チェーンの企画部門にいた義和は、自分の会社にしても取引先にしても、仕事で女性と接する機会は多かったが、もちろん痴漢の対象として想像したことなど一度もない。

ホームの中ほどを過ぎたところで、仕方なく立ち止まった。きちんと列に並ばずに曖昧なところに立ったのは、考えがまとまらないので、電車が来るまで時間を稼ぎたかったからだ。

ゆっくり呼吸を整えて、周りの女性を眺め回した。身長や肉づきに目が行きがちだが、性格的におとなしそうな方がいいはずだと思い、顔立ちで何とか判断しようとした。それくらいしか判断基準がないことを自覚すると、少しは冷静になれるのだった。

横顔や斜め後ろからではなかなかわかりにくいが、ふと右前方の女が目に留まった。

二十代半ばだろうか、見た感じでは事務系ОＬのような印象で、中肉中背だ。スマホを顔の前にかざし、じっと見つめている。肩よりやや長めのストレートの髪をバレッタで留めている。

その向こうにもう少し年上らしい女がいて、そちらは比較的ぽっちゃりしている。ウエーブの緩いパーマヘアで、明るい茶色に染めていた。

どちらも顔立ちからは、おっとりした性格が想像できるので、義和は二人のうちのどちらかにしようと思った。だが、眺めていても決め手はなく、そうこうしているうちに電車がホームに入ってきた。

──しょうがない。なるようになれだ。

右側の列に寄って、なるべく二人の近くに立とうとしたが、この駅ではまだぎゅう詰めにならないので、乗車前に無理に接近する必要はない。乗ってからそばに寄るチャンスがあるはずだった。

ドアが開いて順序よく乗り込むと、年上の方は車両の中ほどに進み、中肉中背の事務系は真っすぐ奥のドアに向かった。

義和は無意識のうちに真っすぐ進んで、女の背後を目指した。すると、すぐ前にいた男が運よく横にずれてくれて、真後ろを確保することができた。

──上出来じゃないか！

初めてにしては巧く事が運んで、小躍りしたい気分だ。とっさにこちらを選んで正解だったと、あとから気がついた。車両の中ほどより、ドアに近いエリアの方が混雑が激しい。そのため通勤時はできるだけ避けてきたが、自然に逆の反応をしていたのだ。

だが、問題はここから先だった。慎重にやらなければと、義和は気持ちを引き締めた。

発車と同時に体が揺れて、足を踏ん張った。吊革からは少し離れていて、前の女も揺れている。見下ろすと、股間がいまにもヒップに触れそうだ。

と思ったとたん、軽く当たって逸物に心地よい刺激が走った。ほんの一瞬だったが、後を引くようにじわっと下腹全体に広がる。

女は気にする様子もなく、相変わらずスマホに見入っている。他の乗客も文庫本を読んだりスマホを見たり、あるいは耳にイヤホンを差していたりと、思い思いに通勤時間を過ごしていて、暇そうに周りを眺めている人がいないのは好都合だった。

むしろ義和だけが何もしておらず、しかも手ぶらなので、浮いた感じがしないでもない。もっとも、彼の他にそんなことを気にする者はいないだろう。とりあえず周囲を警戒する必要はあまりなさそうなので安心した。

電車の揺れに合わせて腰をゆらめかせると、ごく自然にペニスの先端がヒップをかすめたり当たったりして、そのたびに心地よい刺激が幹を伝わった。

ズボンは先日と同じ柔らかな綿麻混で、今日はブリーフもいちばん生地の薄いものを選んだ。おかげで接触感がいっそうはっきりして、わずかに触れただけでもかなりの刺激になる。

カーブに差しかかったところで体が前に傾いて、女と重なった。下腹全体がヒップに押し当たり、逸物は割れ目にすっぽり収まった。

——おっ、気持ちいい……。

柔らかく包み込まれたとたん、むっくり膨らみはじめる予感がした。ペニスだけでなく、下腹から太腿の付け根まで密着したので、何とも言えない愉悦感にひたれた。

女がチラッと後ろを気にしたが、股間の変化はまだ感じていないはずだ。寄りかかられたのが気になったのだろう。義和は離れるときに、申し訳なさそうに軽く頭を下げてみせた。

元の姿勢に戻っても、膨張はなおも続いた。下腹部全体にヒップの感触が残っているせいか、肉棒は毛叢を振り払うようにむくむく伸び上がる。

――もう勃つのか！

思いのほか反応が早いことに、我ながら驚いた。まるで若い頃に戻ったような気分だ。

硬くいきり立つとますます敏感になるので、期待は高まるばかりだ。もっこり盛り上がった股間と間近にある円やかなヒップを見比べるだけで、軽い武者震いが起きた。

先日の教訓が頭をよぎり、無理をしてはいけないとわかっていても、思わず腰が迫り出しそうになる。

この状態でさっきのように重なる瞬間を想像したとたん、ペニスがひくっと脈を打った。こっそり中指で幹の横をなぞってみると、反りが一段と強まった。あくまでも不可抗力を装うのだと肝に銘じ、車両の揺れ具合を慎重に見極める。小刻みな緩い揺れが続いているが、これで密着したのでは強引すぎるだろう。

義和はしだいに焦れてきて、勃起が弱まる気配を見せはじめたところで、停車駅に着いてしまった。

だが、乗降時にチャンスがあることはわかっている。とにかく女の真後ろをしっかりキープして、背後のドアからさらに乗り込んでくるのを待つことだ。

案の定、後ろから押されたので、すかさず一歩前に詰め寄る。はずみで股間が当たったが、女がもっと詰めたので、また離れてしまった。さらに進んで、軽く触れるぎりぎりの位置まで行くと、ようやく乗車が終了したようだった。

絶好のポジションを得て、義和は気が逸《はや》った。勃起したペニスは、わずかな接触でも心地いいので、つい押しつけたくなってしまう。懸命に衝動と戦っていると、電車が動きだした。

——こ、これは……！

ペニスがヒップの表面を軽く滑ったとたん、甘い衝撃が走った。まるで指先で焦らすように愛撫されているみたいだ。強く押し当たるより、むしろ気持ちいいかもしれない。

押しつけたい衝動は失せて、この絶妙な接触感を保つように思考が切り替わった。すぐに思い浮かんだのは先週の女のことで、バストの先が微かに触れたり離れたりする、その状態をキープすることに集中したのだった。

ちょうど目の前の吊革が空いていたので、手を伸ばした。しっかり摑まっていれば、女のヒップがどう揺れようとも、それに合わせて一定の位置を保てるに違いない。

そう思ったとたん、カーブで重心が後ろに傾いた。義和はヒップが強く当たる前に、反射的に腰を引いてほどよい触れ加減を保った。吊革を強く握って、女の背中を胸で支えて倒れないようにしてやる。

束ねた髪で口元をくすぐられ、シャンプーの香りが鼻腔をかすめた。幅の狭い女の背中からは、じわっと体温が伝わった。

すると、女が顔を半分後ろに向けて、すまなそうに頭を下げるので、義和もそれに応えて頷《うなず》いた。だが、下半身では硬い逸物が軽く触れたままだ。ちょうど亀頭の裏が接点になって心地いい。

女が元に戻るのに合わせて腰を戻し、股間が触れるか触れないかの体勢をキープする。同時に肘を曲げて女の背中に軽く当て、また揺れて寄りかかられても支えてやれることを、さり気なくアピールした。

女が不安定な状態で揺れを気にしてくれたら、ヒップに微かに触れているものの正体に気づかない可能性は高い。

――これでしばらく愉しめそうだ。

義和はほくそ笑んで、ゆっくり腰をゆらめかせた。逸物が円やかな表面にわずかに触れるだけで、尻肉の柔らかさがよくわかった。まるで搗《つ》きたての餅のようで、先日の女より遥かに柔らかいのだった。

こんなに違うものかと感心しているうちに、ふと気づいたのは、ストッキングを穿いてるかいないかの違いだろうということだった。この女はおそらく穿いていないのだ。

——スカートの下は生のパンティか……。

濃紺のミニスカートをチラッと見て、どんな下着なのか想像すると、色より形が気になって、そっと手を這わせてラインを確認してみたくなる。もちろん、そんなことをしたら明らかな痴漢行為で、弁解の余地はない。

いっそ硬い逸物でなぞって下着のラインを感じられないものかと、尻のカーブに這わせてみた。あまりの柔らかさに感動して、ぐいっと押しつけたらどんなに気持ちいいだろうと考えてしまう。

ちょうどそのとき、電車はカーブに差しかかった。女が前のめりになるのを堪え、ヒップを後ろに突き出して下腹を圧迫した。勃起したペニスが割れ目にすっぽり埋まって、いきなり尻肉の快感に見舞われる。

義和はバックの立位で挿入しているような錯覚に囚われた。本能的に腰を押し出してしまい、くいくいっと素早く二回突き上げていた。

女は弾かれたように振り返り、蔑《さげす》んだ目で睨みつけた。

――いや、いまのはわざとじゃなくて、勝手に腰が……。

焦りまくった義和は、無言で詫びながら頭を下げた。

女は何も言わずにすぐ向き直ったが、そのときあからさまに横へ逃げて、隣の若い会社員に不審がられた。その男が何事かと義和の方を見るので、生きた心地がしない。

他にもいくつか視線を感じて、体中を緊張が走った。誰か騒ぎだすのではと、針の筵に座らされた気分で身を固くした。

それから間もなく停車駅に近づいたが、さいわいなことに、女にどうかしたのかと尋ねる者はいなかった。

ホームが見えてくると、二、三人がドアの方を向いて降りる意志を示した。義和もこのまま乗っていては気まずいだけなので、さっさと降りてしまおうと思った。ハローワークで求人をさがすことが出かける理由だったが、所詮は建前にすぎないので、そんな気もすっかり失せていた。

降りるとちょうど反対ホームに電車が入ってきたので、それに乗って引き返すことにした。

3

翌朝もまた義和は、駅の改札を抜けてホームに向かった。

不用意な失敗を繰り返して早々に帰宅した昨日、しばらくは意気消沈していたが、時間とともに委縮していた気持ちも癒えて、尻肉の甘美な感触ばかりが思い出された。

そして、夜になるとまた明日も出かけようと腹が決まった。しかも、ハローワークへ求人さがしに行くという名目はどうでもよくなり、ただ朝の混んだ電車に乗ることしか考えていなかった。

先週も昨日も同じ時刻に乗ったが、どうもゲンが悪いような気がしたので、今日は少しずらして通勤で使っていた急行にした。その方が混雑は激しく、とりわけ最後の停車駅からはぎゅう詰めで、股間を押しつけるだけなら完全に不可抗力と言いきれるからだ。

ホームに上がると、電車を待つ人の列が長く延びていた。義和の足は自然といつも乗っていたあたりに向かった。

その途中で、一人の女が目に飛び込んできた。娘の沙知絵と同じくらいに見える。端整な横顔だった。二十代後半だろうか、スカートは白いミニのセミタイト。髪はやや透け気味の黒いシャツに黒のブラ、綺麗にアップにまとめている。長そうだが、綺麗にアップにまとめている。

何よりぷりっと形よく突き出したヒップに目を奪われた。夏物の薄いスカートが見事なシルエットをくっきり映している。にもかかわらず下着のラインがまったく見えないのは、Tバックショーツだからに違いない。

ストッキングにもすぐ目が行ったのは、昨日の経験で関心が向くようになった証拠だった。

――スタイル抜群だ。

義和はすかさずその女の後ろに並んだ。身長はほぼ同じくらいあって、すらりとしている。うなじのほつれ毛がセクシーで、間近で眺めているとほのかな薔薇の香りがして、逸物がむずっとざわめいた。

いままで駅で見かけたことはなかったか、記憶を手繰ってみたがわからない。これだけの容貌なら憶えていそうだが、義和と乗る位置が違っていたからか、あるいはいつもこの時間に乗るわけではないのかもしれない。

ホームに案内のアナウンスが流れると、女はすぐ横の掲示板を見上げた。淡いメイクが健康そうな肌を際立たせている。義和がふと気になったのは、切れ長でけっこう目力がありそうなことだった。

――なんだか気が強そうな……。

見事なヒップに見とれて思わず後ろについてしまったが、ちょっと体に触れただけでも睨まれそうで、痴漢どころではないかもしれない。

――でも、満員電車に乗るんだから、睨んだってしょうがない。嫌なら乗るなってことだよな。

別に手で触ろうというわけではない。身動きできない状態なら、股間が当たっても文句は言えないはずだ。今日こそ無理をしないで、混雑に巧く身を任せることにしようと心に決めた。

やがて電車が到着すると、女に続いて乗り込んだ。もうこの駅でも混み合う時間帯で、押されて女の背後にぴったり寄り添う状態になった。

いきなり真後ろから股間をもろに当てるのは憚《はばか》られたので、前を向いたまま腰だけを少し左に傾け、太腿の付け根がヒップに触れる体勢にした。手を下げているると痴漢の疑いをかけられるので、両方とも肘を曲げて女の背中にあてがった。

——これでもっと混んできたら、チ○ポが当たっても、〝身動きできなくてどうしようもありませんでした〟ってことですむかもしれない。

何だか今朝は巧く行きそうな気がしてきた。

発車したとたん、乗客がひと塊りになってゆらぎ、逸物が女の片尻にもろに押し当たった。身長はほぼ同じくらいでも、明らかに女の方が脚が長いので、ヒップのカーブに対して絶妙な位置に当たっている。

下腹に心地よい圧迫感を覚え、義和は予感的中の高揚感に包まれた。

——こ、これは気持ちいい！

腰を斜めにしているので、太腿が尻の割れ目に埋まり、鼠蹊部とペニスで片尻を押しつぶす形だが、ペニスは正面より横合いから圧迫される方が気持ちいいことに初めて気づかされた。

じわっと快感が高まって、肉棒がむくむく伸び上がる。しだいに硬さも備わって、芯が通るとさらに気持ちよくなれた。

——まだ気づかない？

何が当たっているのか気がついていいはずなのに、女の様子に特に変わったところはなかった。

義和は慎重であり続けようと、下半身を押し当てたまま動かないようにしていたが、わずかに揺れるだけでも気持ちよくて、逸物がけっこうな大きさ、硬さになった。

女はそこで初めて後ろを気にしたが、チラッと見ただけですぐに向き直り、やや俯き加減になった。

恥ずかしさを堪えているのか、あるいは「痴漢です！」と声を上げようかどうしようか迷っているのか——義和の頭の中は揺れ動いた。

ホームで見た印象では、股間を押しつけられたとわかったらすぐ睨みつけそうな気の強さを感じたが、そこまではないようだ。

それにこの状態で痴漢だと訴えるには、いくら何でも無理があると義和も気がついた。混み合って股間が触れてしまっただけで、わざとやっていると言いきれる根拠がないのだ。

そこでとりあえず意識的に動かずにいるのはやめて、電車の揺れに身を任せて、女の様子を見ることにした。

足腰を楽にすると、体全体が車両の揺れとシンクロして、小さな揺れでも逸物の圧迫感に強弱の変化が生まれた。その不規則なリズムは思った以上に心地よかった。

押しつけをほんの少し強めるだけでさらに快感が増して、とうとう肉竿は力強く勃起した。弓のように反り返って、亀頭が硬く張っている。若い頃を彷彿させる逞しさに、我が事ながら驚いた。

腰を横に向けたおかげで、より敏感になった亀頭部分がヒップによく擦れている。正面から押し当てる圧迫感とはまた違う、何とも心地よい摩擦感が得られるのだった。

カーブで体が前に傾いた拍子に、ぐいっと腰が迫り出した。気持ちよさに負けてついやってしまうと、快感メーターがピンと跳ね上がり、硬い竿が脈を打った。

「あっ……」

先端からとろりと液が滲み出る感じがして、同時に小さなあえぎが洩れてしまった。周囲に聞かれるほどではなかったものの、女の頭が動いて再び後ろを気にした。

今度こそ声を上げられるかと思ってドキッとしたが、女は無理して体勢を変えたがる様子もなく、また俯いてしまった。

念のため、目だけ動かして周りの乗客を注意深く観察するが、特に変わったところは見当たらなかった。

ほっとして女に戻ると、頬から顎にかけてのラインが楚々《そそ》として、じっと耐え忍ぶ風情を感じさせる。ホームで気が強そうな印象だったのとは、ずいぶん違っていた。

——意外とおとなしい女なのかも……。

これは行けるかもしれないと思ったが、昨日のこともあるので、まだ慎重に進めた方がいいと自分を諌《いさ》めた。

この先しばらく大きな揺れはないので、下半身を密着させたまま、圧迫感の変化を愉しんでみる。

斜めにしていた腰の向きを、微妙に前に向けたり戻したりすることで、逸物がやんわり揉まれる心地よさに、さらなるバリエーションが生まれた。

すると、ときおり女の尻がきゅっと引き締まるようになった。電車が揺れて不安定だからというわけでもなさそうで、肉棒をかなり意識している証拠のように思えた。

——硬いチ○ポを当てられて、昂奮してきたのか？

義和は都合よく解釈するが、必ずしも楽観的とは言えないだろう。さっきよりも俯く角度が深くなり、頬のあたりがうっすら染まっているように見えるのだ。

　これは案外、大当たりを引いたのではないか――そう思うと、ますます気持ちが昂ぶった。

　そろそろ停車駅が近くなって、周りの乗客にもう一度注意を向けてみる。どうやら不審に思う者はいないとわかると、もっと大胆なことをしてみたい欲求が急に膨らみだした。

　――ちょっとくらいなら、触っても平気かもしれない。電車が停まったら、さり気なく手を下げてみようか。

　だが、考えたとたんに鼓動が速まって、口の中がみるみる乾いていく。手で触るとなると、思った以上に勇気が必要だった。

　迷っているうちに電車は減速して、ホームが見えてきた。決心がつかないままスピードはどんどん落ちていった。

4

　停車してドアが開くと、周りの乗客が動いて少し隙間ができた。迷っていた義和は、女との密着が緩んだことで、背中を押されるように左手を下した。

相変わらず腰をやや左に向けたまま、逸物のすぐ横にだらりと下げた手は、白いミニのセミタイトにいまにも触れそうだ。ぷりっと突き出した魅惑のカーブが、誘っているように眩しく映る。

考えている間もなく後ろから押され、盛り上がった逸物とともに手の甲がヒップの円みに触れた。人差し指から親指の付け根あたりがスカートの薄い質感に接し、その下のストッキングのざらついた感じまで伝わることに、感動に近い昂ぶりを覚えた。

初めて知った感触というわけではないが、電車の車内というだけで、どうしてこんなに昂奮させられるのだろう。

女の様子にこれといって変化はなく、俯いたままジッとしている。車両の小刻みな揺れに合わせてすりすりすると、スカートが手にまといつくようにゆらいで、ストッキングのざらつきがいっそう際立った。続けるうちにヒップの温もりまで感じられ、昂ぶりはますます加速する。

下着が本当にTバックなのか確認したくて、手を割れ目の方に這わせてラインをさがしてみる。

密着した逸物が邪魔するので腰を引こうとしたが、後ろの乗客につかえてあまり下がれない。仕方なくそのまま手を移動させると、股間を押さえる手つきで下着のラインをさぐることになった。

すると、自分で触ってみて、あらためてペニスの剛直ぶりに驚いた。こんなに硬くなったのかと感心するし、誇らしくもあった。亀頭は大きく張って、段差が露骨に浮き出ている。女も気づいているだろうか、それで淫らな気持ちになっているのではないかと想像は膨らんだ。

そろりそろりとラインをさぐっても、それらしきものには触れない。やはりTバックに違いないとわかると、それだけで手触りまで変わってしまうのが不思議だ。

尻肉を包んでいるのは薄いスカートとストッキングだけだと思いながら、手の甲でなぞって円みの柔らかさを堪能する。

それでも女は、これといっていやがる様子もない。頰のあたりは、さっきよりさらに赤みが差している。ほのかに感じた薔薇の香りに、気のせいか別の甘い匂いが加わったようで、昂ぶりが表れている気がした。

——これなら手のひらで触っても平気だろう。

義和は勢いづいて、さらに大胆な行動に出たくなった。弁解の余地のない、正真正銘の痴漢行為に突入しようというのだ。

胸がドキドキ高鳴って、眼球の周りが熱を帯びてくる。ゆっくり慎重に手を戻すと、股間の強張りがまた尻肉に押し当たった。中断したのはほんのわずかな時間なのに、心地よい圧迫感が懐かしく感じられた。

左手は逸物とヒップから離れて自由になった。ところが、手のひらを向けていざ触ろうとすると、にわかに緊張が高まって膝ががくがく震えだした。

——落ち着け……大丈夫だから、落ち着け……。

自分に言い聞かせて再度チャレンジしてみる。だが、結果は同じで、触ろうとすると膝が震えてしまう。

初心者丸出しの体たらくに、自嘲のため息が洩れた。震えは間違いなく女にも伝わっていて、慣れていないのを知られたことがなぜか恥ずかしかった。

気を取り直して肩の力を抜くと、拳を握ったり開いたりしながら、ゆっくり深呼吸をしてみる。

何度か繰り返すうちに、早鐘のようだった鼓動も何とか落ち着いてきて、手のひらでそっとヒップに触れることができた。

――……さ、触った！

会社勤めの頃は過剰なまでに警戒を怠らなかった義和が、疑いどころか本物の痴漢になった瞬間だった。彼自身、そのことに驚きを隠せない。スカートの表面にかろうじて触れただけだったが、初めて本格的な痴漢行為を経験して、嵐のように感動が押し寄せてきた。

いったん触れてしまうと、さっきの緊張が嘘のように消えて、すっかり落ち着くことができた。

ふいに女の頭がちょっと動いて、義和の方を気にした。

――ん？　なんだ、いまのは……。

まさか、ここまで来て拒むつもりかと訝《いぶか》った。何しろずっと硬い勃起を押しつけているし、手のひらでなくても触り続けてきたことに変わりはない。拒むならもっと早くから態度に出してしかるべきだろう。

あるいは、俯き加減だったのはずっと我慢していたからで、とうとう限界が近づいたということはあるかもしれない。手を離した方がいいのかどうか、迷いが生じて義和は固まってしまった。

すると、女は自分からくいっとヒップを押しつけてきた。

一瞬、電車が揺れたのだと思ったが、そうではなかった。女が押しつけたままでいるので、そっと触れるだけだった手がしっかり当たるようになった。

——これを望んでるってことか？

女の本心が見えて、体中の血流が上昇したように、顔面が熱く火照った。

駅でよく目にする『痴漢は犯罪です！』というポスターのフレーズが頭に浮かび、女が望んでいればそんなのは問題外だと、にわかに自信が漲ってきた。

しっかり手が触れたことで、スカートの薄さもストッキングのざらつきも、驚くほどリアルに感じ取れた。

手のひらだと、甲の側に比べてこんなに感覚が鋭いのかと、あらためて思い知らされた。

ただ押し当てたままでいても、電車が揺れるだけで揉み回しているような妖しい気分になる。尻肉が手に貼りついたように撓むのがよくわかって、瑞々しい柔らかさに目が眩みそうだった。

揺れが治まると、むにっと軽く揉んでみた。とたんに双臀が引き締まり、女が歓んで応えてくれた気がした。

義和は快哉を叫び、ゆっくりと小さな円を描いて揉み回した。揉みながらそっと摑むと、かなりの弾力を感じる。ストッキングを穿いているせいかもしれないが、緩めると指先に貼りついたように戻るのだ。

触っているのが尻のやや外側だったので、円みに沿って割れ目の方へ侵入していく。硬い逸物と尻肉の間に割り込んで、揉みあやす手がおのれの分身を一緒に刺激する。

指先が割れ目に到達した。タイトミニだと割れ目を感じることもできないだろうが、セミタイトなのでかなり指がめり込んだ。

スカートとストッキング越しに、アヌスはどのあたりかさぐっていくと、少し頑張って奥へ進んだところで、またも双臀に力が入った。

——ここだ！

位置が明らかになったので、指先で突っついたり擦ったり、さらには押し込むように力を込める。

尻肉は引き締まるだけでなく、恥ずかしそうにもじもじ蠢いて、かえって誘惑しているようでもあった。

女の頰からうなじのあたりが紅潮して、昂ぶりが露わになってきた。公共の場で密かに肛門をいたずらされているのだから、平静を装うのも難しそうだ。

いじっている義和も昂奮を抑えられない。強張った亀頭を、腰を使ってぐりぐり押しつけたい衝動に駆られる。そんなことをしたら他の乗客にバレてしまうが、想像するだけでも昂ぶりに拍車がかかった。

もうちょっとで秘裂に指が届きそうだが、スカートの中に手を入れないと、そこまでやるのは難しそうだった。

こんなチャンスはそう何度もあるとは思えないのでやってみたいが、いまでも少々無理をしているので、これ以上左肩が下がると、不審に思われるかもしれない。

義和はしだいに焦れてきた。せっかく手のひらで尻を触れたので、もっといろいろやってみたい。

だが、そろそろ次の駅に近づいていた。

――今度はぎゅう詰めで、身動きできなくなるぞ……。

この時間、最後の停車駅から終点までは超満員の寿司詰め状態だ。まるで石膏で固められたようになって、手を動かす余裕もないはずだった。

それでは面白くない、何かいいやり方はないかと考えているうちに、ホームが見えてきた。そこでふいに閃《ひらめ》いて、義和は胸を躍らせた。

5

停車してドアが開いても、降りる人は少ない。

義和はさらに人が乗り込んでくる前に、左に向けていた腰を正面に戻し、勃起を双臀の真ん中にあてがった。素早く右手も下して、左右ともに手のひらを女の尻にぴたりと触れさせた。

俯いていた女が顔を上げ、背中に微かな緊張が走ったが、すぐに弛緩する。直後に背後からぐいぐい押され、胸元から下腹部、さらには太腿までが隙間なく女と重なった。

——す、すごい！　抱きついてセックスしてるみたいだ！

ペニスが柔らかな尻肉にすっぽり埋まり、まさにバックから挿入している感覚に近かった。女のシャツもスカートも薄いので、しなやかなボディラインを全身で感じ取れる。

ついさきほど、硬く膨張した亀頭をぐりぐり押しつけたい欲求にかられ、周りにバレるので想像するだけに留めたばかりだが、この体勢ならそれが難なく遂行できるのだ。

義和は足を踏ん張って、股間を思いきり突き出した。間もなく電車が動きだすと、ぎゅう詰めの乗客が塊のまま揺れて、また元に戻った。

双臀に埋まったペニスは、弾力に満ちた肉に妖しく揉まれ、歓喜の雄叫びを上げた。ひくっと脈を打ったのが女にも伝わっただろうか。

右に左に、前に後ろに、義和は電車が揺れるままに身を委ね、股間を強く押しつけることに専念した。超満員で身動きできなくても、これなら揺れれば揺れるだけ気持ちよくなれる。

少したってから、どうやら女も尻を突き出しているようだと気がついた。注意してみると、意識的に揺れに抗《あらが》っていて、その分だけペニスが強く揉まれている。ヒップを揺らして義和を気持ちよくしてくれるようでもあり、硬い肉竿を使って自ら双臀を刺激しているようでもあった。

——わざとやってるのか……。

義和は女の動きを見極めながら、その逆に動いてみた。女が揺れに逆らえば、わざと大きくゆらいで尻の割れ目の内側に逸物を押しつける。女の方が堪えきれずに揺れたときは、素早く替わって義和がぐっと踏ん張った。

両手で双臀を撫でながら、他の乗客に気づかれないように腰を動かすのは痛快だ。お互いに相手の動きを意識しているから、しだいに要領が摑めてきて、やがて見ず知らずの女とぴったり息が合うようになった。

すると、ふいに体が前にのめった。その瞬間、義和は腰をずんっ、ずんっと二回突き込んだ。立位の背後位そのものだった。

甘い痺《しび》れが下腹から背筋を駆け上がる。意図したわけではなく、体が勝手に気持ちいいことをやってしまったのだが、周りも揺れて不安定になったので、巧く紛れることができた。

いまの動きが刺激的だったので、同じ揺れをまた期待した。脳裡にはこの女との車内セックスの図が浮かんでいて、今度は意図的にやるつもりだ。

ふと義和は、両手がそれぞれ隣の乗客の荷物に当たっていることに気がついた。これなら少々手を前にやっても気づかれないとわかって妙案を思いついた。

すかさず尻を撫でていた手をじわじわ前に持っていく。揺れるタイミングに合わせると、寿司詰め状態でも案外容易に動かせるものだった。

女の腰骨のすぐ下を両手で摑むことができて、軽い武者震いが起きた。

――もろに立ちバックだ！

待っていたように電車のスピードが上がり、小幅ながら強い揺れが続いた。義和は両手で双臀を引き寄せながら、揺れに合わせて小刻みに腰を使った。

——電車でこんなことができるなんて！

女も前後に尻を揺らしている。すぐにリズムが合って、超満員の電車内で擬似セックスに突入した。

義和は前後というより、腰を少し落として突き上げる感じで動いてみる。大きく張った亀頭が尻肉を割るようによく擦れて、快感がどんどん高まっていく。

女はまた俯き加減になった。紅潮したうなじや頬にうっすら汗が浮いて、間近で見ると何とも言えない色香を感じさせる。

鼻先が触れそうなくらい接近すると、薔薇の香りに交じって、アップにまとめた髪からシャンプーの匂いが漂った。

耳朶の裏にくちびるを近づけ、うっすら開いてやさしく息をかける。女の背中がぶるっと小さく震えて、快感を露わにした。

横目で周囲をうかがうが、不審がる者はいない。あまり派手な反応ではなかったから、両隣でさえ何も感じなかったようだ。

この混雑なら、くちびるが触れるくらい近づいても少しもおかしくないので、接近したまま耳の裏やほつれ毛の生えたうなじに、こっそり熱い息を吹きかける。吸うときは鼻腔を開いて、女の匂いを胸いっぱいに充たした。

もちろん、揺れに合わせて腰を使いながらだから、公共の場で愛戯を交わしている気分にひたれた。女も同じことを感じているに違いない。

やがて車内にアナウンスが流れ、残された至福の時間がわずかであることを知らせた。もう少しで射精しそうなくらい快感は高まっているが、そういうわけにもいかないだろう。だが、ぎりぎりまでこの愉悦を味わっていたいので、女の腰を掴む手に力が入った。

電車がスピードを落とすと、みるみる揺れが治まっていく。義和は快楽の終焉を惜しんで、女の腰をぐいっと引き寄せた。ペニスがまた脈を打って、ぬるりと粘液を吐き出した。

停車して背後のドアが開くと、寿司詰め状態が一気に緩む。

義和は女の顔を正面から見てみたくて、反転しないで後退《あとずさ》った。女はすぐにこちらを向いて、もろに目が合った。

——こんな綺麗な女だったのか！

目鼻立ちのはっきりした美人顔だった。快楽を共有したことを表す、蕩けそうな表情なので、ホームで見た気が強そうな印象とはずいぶん違っている。

乗車前に正面からしっかり見ていたら、いっそう昂奮したに違いない。こんな美人と車内で擬似セックスできたことに、いまさらのように感動が湧き上がった。

人の波に揉まれながら一緒にホームに降りると、女は名残を惜しむようにもう一度義和を見つめてから、歩き去った。

あまりに強烈な痴漢体験だったので、義和は少々ぼんやりしてしまい、階段へ向かう人にぶつかられたり、押されたりした。

「並木さん……」

そのとき、聞き覚えのある声で名を呼ばれ、心臓が止まりそうなほど驚いた。

第三章　愛撫の手つき

1

義和はブリーフの中に手を入れて、寝床でペニスをしごいていた。髪をアップにまとめた美人顔を思い浮かべながら、力強く反っていく分身の手応えを、頼もしく感じる。

今朝、初めて経験した正真正銘の痴漢行為は強烈だった。ヒップの手触りや逸物を押しつけた感触が、いまもなまなましく甦ってくる。

——うう、たまらん……病みつきになりそうだ……。

うっすら染まった女の頬やうなじがしだいに汗ばんで、さらに紅潮していくさまを間近で眺め、薔薇の香りのコロンや肌の匂いに鼻腔をくすぐられた。ただ触ったり股間を押しつけるだけでなく、女の反応や変化も欲望をかき立てるエロチックな要素であることを知って、ますますのめり込みそうな気がする。

——あの時間に行けば、また会えるだろうか。

少なくとも同じ曜日なら会える可能性は高いだろう。

痴漢を受け容れる女だとわかったから、今度会ったらさっさとスカートの中に手を入れて、秘部をいじり回したい。

すでにスカートの上からはアヌスのあたりをいじったが、中に手を入れるのは別次元の行為だ。

痴漢逮捕の新聞記事を読んで、そんなことをすれば捕まって当然と思っていたが、自分にやれる可能性があって、しかも捕まる心配がないのだから俄然やる気が湧いてくる。

アヌスの位置をさぐり当てたとたん、きゅっと引き締まったヒップの感触を義和は思い浮かべた。さらに裾をめくって手を入れたらどうなるか、想像を逞しくしてペニスをしごいた。

脳裡からスカートの手触りを消し去って、ざらついたストッキングに直接触れた感触を想像する。さらにそれを通り越して薄い布に指が触れると、すでにしっとり湿っているはずだ。

満員の車内で下着を濡らす女と、それを知っている自分だけの淫靡な行為——刺激的なネタでますます昂ぶっていく。

ブリーフを太腿まで下げると、弓の形に反り返ったペニスが現れた。若さを取り戻したように根元までしっかり硬くなって、握った拳から大きく張った亀頭が飛び出している。

肉竿がひくっと脈を打って、射精の瞬間が近いことを知らせる。透明な粘液が鈴口で小さな玉になった。それを雁首に塗り広げると、ぬめぬめしていっそう気持ちいい。

義和はしごく手を速めながら、女の下着の脇から指を入れてみる。濡れた肉を思い浮かべると、射精欲がぐんと高まった。足の指までぴんと伸ばして、そのまま一気に駆け上がる。

硬い竿が強く撓《しな》って、白濁液が噴き上がった。それをティッシュで受け留めるのが、ずいぶん懐かしく思えた。

義和はしばらく快感の余韻にひたってから後始末をした。ブリーフとパジャマを腰まで引き上げると、気持ちがずいぶん若返ったように感じた。

独身の頃はセックスと自慰は別物と思って、交際相手がいてもいなくても普通にやっていた。だが、結婚してからは妻の目があったし、出張するとホテルによくデリヘルを呼んで愉しんだので、自慰はほとんどしなくなり、妻の病気がわかってからは皆無だった。

最後に自慰をしたのはだいたいいつ頃だったかさえ、もう思い出せない。自分に性欲があることすら忘れていた気がする。

それが今日一日ですっかり変わったのだ。また満員電車に乗りたいという欲求は抑えがたく、そのための理由などもう要らない。ハローワークの求人のことはどうでもよくなっていた。

義和は布団に横たわって、今度はいつにしようかと考えた。

一週間後でなくてもあの女に会えるかもしれない。明後日あたり、また乗ってみようか。いや、明日でもいいか――などと思案していると、ホームで声をかけられたことをふと思い出した。

――仲島佳緒理《なかじまかおり》……。

痴漢の昂奮を引きずっていた義和に声をかけたのは、つい最近まで部下だった

ＯＬだ。入社してからずっと面倒を見てきて四年目だから、今年二十六歳になるはずだ。

大学を優秀な成績で卒業して、入社後も日々熱心に学習を続けている。肩よりやや短いボブヘアが理知的な魅力を高めている。義和からすると、よくできた娘といった存在だった。

彼女はひとつ先の急行停車駅で乗ってくるが、乗車位置が違うらしく、車内で見かけることは在職中一度もなかった。

だが、今朝は義和が以前と違うドアから乗ったせいで、

「同じ車両に乗ってたみたいですね」

降りて間もなく声をかけられて驚いた。

佳緒理もびっくりしていたようで、表情が少し硬かった。義和の頭をよぎったのは、あの女と密着したまま降りるところや、見つめ合っていたのを目撃されていないかということだった。

――まさか痴漢しているところを見られたなんてことは……。

気持ちがやや動転していたから、どのへんに乗っていたのか、さり気なく聞き出す余裕がなかった。仕事はどうかとつい尋ねてしまい、一緒に歩きながら、い

まやどうでもよくなった会社の話を聞く羽目になった。

「今日はどちらへ？」

「ハローワークへちょっとね」

改札を出た先で立ち止まったが、人混みの中ではゆっくり話をしてもいられなかった。

「再就職の目途は立ちそうですか」

「いや、まあ……なかなか……」

「そうですか。大変ですね」

佳緒理とはそこで別れた。

声をかけてきたときの表情が気にはなったが、仮に同じドアから乗ったとしても、あの混雑では義和の後頭部が見えるかどうかだろう。それで義和だと気づいても、痴漢していることまでわかるはずがない。冷静になれば容易に察しがつくことだった。

それにもかかわらず、自慰の後でまた佳緒理のことを思い出したのはどうしてだろう。心のどこかに何か引っかかるものがあるのだろうか。

だが、そのうちにだんだん眠くなって、〝そんなこと気にしていてもしょうがない〟と、考えるのが億劫になってきたあたりで、眠りに落ちた。

翌日の午後、娘の沙知絵がやって来た。

いつものように食材や足りなくなった日用品を買ってきて、キッチンを片づけてくれた。今日はトイレの掃除もしてくれるという。

片づけを終えた沙知絵が掃除に取りかかると、義和も一緒に風呂場の掃除を始めた。風呂掃除は女には大変らしく、妻にもよく頼まれて慣れているので、娘には自分でやると言ってある。

掃除が終わると沙知絵がお茶を入れて、二人して居間で一服した。

「お父さん、なにかいいことあった？」

沙知絵が不思議そうに、それでいてどこかうれしそうに尋ねた。

「いや、別になにも……ないけどね」

義和は一瞬、ドキッとして、危うく口ごもりそうになった。娘がどうしてそんなことを訊くのか、すぐに察しがついたからだ。昨日の満員電車の体験と久々に自慰をした影響で、気持ちに張りが生まれている。それが表情に表れていたに違いない。

「そうなの？　なんか、こないだよりずいぶん顔色がいいわよ」

「ああ、体調はこのところすごくいいんだ。食欲も前よりあるし。なんと言っても、お前が作ってくれるものが旨いから」

健康の話にすり替わって、急に口が滑らかになった。だが、〝さすが母さん直伝だな〟とは言わなかった。やはり痴漢した自分に疚《やま》しいところがあって、昨日から亡妻のことは考えないようにしていたからだ。

沙知絵は安堵したように柔らかな笑みを浮かべると、それから少し考える表情になった。

「やっぱり、やってみたらいいんじゃない」

「ん？」

「こないだ言ってたでしょ、高校のときのクラスメイトが近くでヨガ教室やってるって。健康のためには絶対いいし、交際範囲が広がるかもしれないよ」

先日はまったく興味がなく、いい加減な相槌でほとんど聞き流していた義和だが、今日は〝ちょっとやってみるのもいいかな〟という気になっている。それだけ精神的に上向いている証拠だった。

「健康にいいってのは、まあそうだろうな」

義和が少しはその気になってきたと見て、沙知絵はあらためて詳しい説明をした。インストラクターをしている友だちは高塚美希《たかつかみき》という名で、受講生は二十代、三十代の女の人がけっこう多いらしい。

「お父さんのことを話したら、歓迎するから是非どうぞって」

格安な体験レッスンがあるので、試しに一度参加してみて、続けられそうなら正式に手続きすればいいという。

「そうだな、とりあえず一回くらいやってみてもいいかな」

二十代、三十代の女性が多いと聞いてまた少し心が動いたので、逆に〝そこまで勧めるなら〟というニュアンスで言った。

沙知絵は、若い女の人と仲良くなれたら愉しいわねと、軽い調子で応えた。見抜かれたかどうかは知らないが、義和はくすぐったい気持ちを真面目な表情で隠して頷いた。

2

次の土曜日、義和は早速ヨガ教室の体験レッスンを申し込みに、会場になっている区民センターにやって来た。

入口の受付で支払いを済ませると、会場に充てられた三階の部屋と更衣室の場所を教えられ、氏名を書いた紙のシールを渡された。シャツの胸など、よく見える位置に貼るようにということだった。

早速、更衣室へ行き、持参したTシャツと夏物のスウェットパンツに着替える。動きやすい軽装がいいと、沙知絵が用意してくれたものだ。

レッスンの部屋に入ると、体育館のような板張りの床にクッション性の細長いヨガマットが二十枚ほど敷いてあった。

六十平方メートルくらいの部屋は、正面に大きな鏡が嵌め込まれていて、かなり広く感じる。ダンスなどの練習用に貸し出されているのだろう。

受講生はほぼ集まっているようだった。聞いていた通り、二、三十代の女性が多い。みなTシャツとスウェット姿だが、シャツをきちんとスウェットの中に入れているので、体形がそれぞれわかりやすい。

中年の男女が奥の窓側にぽつんと離れて座っていて、知り合いかあるいは夫婦のようだが、男性はその一人だけだった。

やや緊張してきた義和は、遠慮気味に後方の扉から入ってすぐのところに立って、始まるのを待っていた。

間もなくインストラクターの高塚美希が入ってきた。ピンクのポロシャツにグレーのぴったりしたジャージという出で立ちで、すらりとしてスタイルがいい。バストもヒップもつんと突き出ていて、思わずそちらに目が行ってしまったが、顔をよく見て驚いた。

――あっ、あれは……！

先日、初めて痴漢体験をさせてもらった、あのTバックショーツの女だった。まさか娘の同窓生とは思いもしなかったが、それは向こうも同じだろう。

「みなさん、よろしくお願いします」

「よろしくお願いします」

彼女の挨拶に、全員が一斉に応える。

「今日は股関節を柔軟にするヨガをやります。股関節が硬いと体のあちこちに影響が出ますから、頑張って覚えてみましょう」

沙知絵から父親が参加することは聞いているはずだから、痴漢男とわかれば娘に告げ口するかもしれない。

彼女も拒まずに触られていたが、それはいくらでも言い訳が立つので、義和を卑劣な痴漢に仕立て上げるのは容易《たやす》いことだ。

一方的に不利な立場にある義和は、この場からこっそり抜け出して、レッスンをキャンセルしようかと真剣に考えた。だが、その前に、

「ええと、体験レッスンの並木さんはどちらでしょう」

美希が室内を見わたして、すぐに新顔の義和に目を留めた。

一瞬の沈黙があったので、あのときの痴漢とわかったようだが、驚きを顔に出したりはしなかった。

「よくいらっしゃいました。ヨガはまったく初めてということでしたね」

義和のそばまでやって来て、気さくに声をかけた。近くで見るとやはり顔立ちは美麗だが、努めて表情を変えまいとしているのがわかる。黒い瞳が何か言いたげに揺れている。

義和は声がうわずってしまいそうなので、黙って頷いた。ますます緊張が高まって、顔の皮膚が張った感じになっている。

「あまり難しく考えないで、気楽にやってみましょう。わからないときは、遠慮なく手を上げてわたしを呼んでください。それか、隣の日下部《くさかべ》さんを見て参考にしてもらってもけっこうですよ。日下部さん、よろしくお願いしますね」

そう言って紹介すると、三十代半ばと思しき左隣の女性が、義和に軽く会釈し

た。名札には日下部絵梨《えり》とある。

茶色の巻き毛が印象的な、ややぽっちゃりした柔和な感じの女性だった。さいわいなことに、義和と美希の間の微妙な空気には気づかなかったようだ。

「それではいつものように、ウォーミングアップから始めましょう。両脚を肩幅に開いて、手を組んで手のひらを前に向けます」

美希はみなの前に戻ると、ゆっくりした動作でウォーミングアップを始めた。受講生たちはすぐそれに続き、義和も見様見真似でついていく。

組んだ手を天井に向けて伸ばしたり、そのまま前屈して背中の筋肉を伸ばしたり、あるいは手を後ろで組み直して胸筋を広げたり……要は体のあちこちの筋肉を伸ばし、関節を軟らかくするストレッチといったところだ。

動作が次から次へと流れるように続くので、初めての義和は忙しい。ましてや痴漢した相手と再会したショックを引きずっているので、気持ちに余裕がなかった。

隣でスムーズな動きを見せる絵梨を参考にするが、何とかついて行こうと気ばかり焦ってしまってぎごちない。

それに気づいて、隣の絵梨がやさしく声をかけてきた。

「最初は難しいと思うかもしれないけど、大丈夫ですよ、わたしもすぐ慣れましたから」

おっとりした口調が、見た目通りの人柄を想像させ、義和は好印象を持った。

「そうですか。ちなみに、どれくらいやられてるんですか」

「四月に体験で来て、それから通いはじめたので、たいしたことないです」

「へえ、それでそこまでできるんですか。すごいなぁ」

「すぐ慣れますよ」

絵梨は義和に気を使っているのか、わかりやすいように他の受講生よりゆっくりした動作で見せてくれる。

前方の美希とは少し距離があるので、すぐ横にいる彼女の動きに倣う方がわかりやすい。おかげでだんだん要領が摑めてきて、一所懸命やっているうちに、さきほどの緊張が解れた。

ところが、ウォーミングアップが終わって前回の復習になると、これは少々ややこしかった。

大きく足を開いて上半身を横に曲げるまではよかったが、両腕をそれぞれ天井と床に向かって一直線に伸ばすのが難しい。ラジオ体操でも体育でもやったことがない、義和には珍妙としか言いようのないポーズなのだ。

体と腕のバランスが巧く取れなくてフラフラ動いていると、見かねて美希がやって来た。

「右腕をもう少し、こうです。左はこれくらいで」

義和の腕を摑んで修正してくれる。そして、直しながらさり気なく屈み込んで、耳元に顔を近づけてきた。

「サチのお父さんだったなんて、ビックリ。いつも電車であんなことしてるんですか」

意表を衝いて、ねっとりした囁き声でいたぶるように言う。しかも、温かい息で耳朶をくすぐるので、背筋がぞくっと痺れた。ちょうど隣の絵梨との間に立って、彼女から死角になるように計算しているに違いない。

「サチが知ったら驚くでしょうね」

娘に告げ口しそうな口ぶりで追い打ちをかける。

──なに言ってるんだ。自分だって、触られて愉しんでたくせに。

反論したくもなるが、この場で言い合うわけにはいかない。何事もなかったように続けていると、美希は両手で包むように義和の頬に触れた。

「顔はもう少しこっちに向けますね」

しっとりした細い手指で触られて、また背筋がぞくぞくする。やさしく向きを変える仕種が、まるで男に強引にキスを迫るようでもあった。

さらにその手を離すとき、指先が耳朶と首筋をすっと掃いた。

——……！

羽毛でくすぐるような微妙なタッチが心地よくて、危うく声が洩れそうだった。偶然とは思えなくて美希を見ると、表情はいたって真面目なのに、くちびるの端が微かに笑っている。やはりわざとやったのだ。

——どういうつもりだ……。

もしかして、こっそりエロいことをやろうというのか。電車で痴漢されても愉しめる女だから、それくらいのことは考えつきそうだ。

しかし、混んだ電車と違ってここはヨガ教室だ。しかも彼女は教える立場だから、あまり無茶はできない。おそらく他の受講生たちがいる前で、ちょっと悪戯してみただけなのだろう。

高まりかけた期待がゆっくり萎《しぼ》んでいくと、美希は全員に新たな指示を出した。

「次は〝らくだのポーズ〟です。マットに両膝をついて、まず最初は大きく胸を反らします」

義和には隣の絵梨を見ながらやるように言って、受講生たちの間をチェックして回る。

絵梨はマットに膝立ちになり、だらんと下げた腕を後ろにやって胸を張った。双丘がTシャツを見事に押し上げていて、義和はつい見とれてしまった。美希に負けず劣らず、彼女もなかなかスタイルがいい。

「並木さん。見てるだけじゃなくて、一緒にやってくださいね」

ボーッと絵梨のバストを眺めていると、いつの間にか背後に美希がいて、注意されてしまった。

慌てて同じように胸を張ると、次はそのまま上体を後ろに反らして両方の踵《かかと》を摑むのだという。それを〝らくだのポーズ〟というらしい。

全員がゆっくりした動きでスムーズに移行するのを、義和も真似てみる。だが、体が硬くてきちんと反らすことができず、踵まで手が届かなかった。

これはダメだ、と思って諦めかけると、

「もうちょっと頑張って反らしましょう」

美希が背中と胸元を手で押さえて、もっと反るように促した。

「そ、そう言われても……これ……が、限界、かも……」

もう少し曲げようとすると息が苦しくなって、声が途切れる。頑張って呼吸を整えると、ふいに美希の指先が乳首に触れた。

「ううっ！」

甘い痺れが乳首から下腹へ駆け抜け、今度は本当に声が出てしまった。性感の回路が直結しているから、逸物がむずっと反応した。

――いまのだって、偶然じゃないだろう。

上半身を反らすのがきつくて苦しいところへ、思わぬ快感が走って、相反する感覚を同時に味わうことになった。股間はそこだけが別の生き物のように膨らみ、みるみる芯が通っていく。

「あともう少しですよ。肩甲骨が閉じて、胸が開いていることをしっかり感じましょう」

「そ、そんなこと、言われても……あっ……」

美希は胸部を押さえるふりをして、さらに乳首をいらった。気持ちよくて出た声が、周りには苦しげに聞こえたかもしれない。

それでも恥ずかしくて、思わず隣に目が行った。絵梨が弓のように反ったポーズでバストを強調したまま、心配そうにこちらを見ている。

だが、美希は抜け目なく遮る位置にいて、悪戯な手元は彼女に見せない。しなやかな細い指で遠慮なく乳首を転がし、好きなように弄んでいる。

美希を見ると目が合った。顔はツンとすましているが、瞳の奥に含むような笑みが浮かんでいる。

——Sなのか……。

先日の電車と、立場がすっかり逆転していた。

されるままでいるしかないのに、義和は妖しい昂ぶりを覚えていた。股間の強張りがみるみる増して、スウェットパンツの前を押し上げているのがわかる。自分がMとは思わないが、他にも受講生がいる中で、密かに淫靡《いんび》な行為をしていることが、エロチックに感じられてならないのだ。

3

「次は〝橋のポーズ〟です。まず仰向けに寝て、膝を立てます」

美希は乳首いじりをあっさりやめてしまった。さあこれからというところで放り出されて、快感が急に途絶えた。

こっそり気持ちいいことをしてくれるというより、ただ勃起させて面白がっているだけなのではないか。

義和はもやもやした気分で股間を強張らせたまま、言われた通り仰向けに横たわった。

美希が骨盤を持ち上げるように言うと、受講生たちは一斉にブリッジの形になった。頭と肩、両腕は床につけて、腰を浮かせる恰好だ。

義和も腰を持ち上げるが、体が硬くて他の人のようにはいかない。すると、美希が腰の下に手を入れた。

「頑張って、もう少し持ち上げましょう」

「こ、これくらいですか」

「それじゃ変わってないです。このへんがもっと反るように」

背中から尻を撫でて、反らせるように促す。

義和はできるだけ頑張ろうとするが、美希の視線が気になって仕方ない。股間の盛り上がりが露骨にわかるポーズなのに加え、間近でじっと見つめられるとこそばゆくて仕方ない。

美希が何を考えているのか想像していて、ふと〝視姦〟の二文字が脳裡をよぎった。すると、触れられてもいないのにペニスが蠢いて、彼女の口元がふっと緩んだ。

それから美希は、全員に腰を戻して休むように言い、義和も元の姿勢に戻った。ところが、少し休んでから次は、さっきの骨盤を持ち上げるポーズから、さらに腰を上げて踵を摑むように指示した。

それを〝橋のポーズ〟と称するらしいが、義和には無理そうなので、さっきと同じでいいと言った。

「もうちょっとですよ。このあたりをぐっと突き上げる感じで」

美希の手は背中から腹部に移った。腰骨から鼠蹊部を通って、太腿まで往復する。まるで愛撫するような手つきだった。

愛撫として見ればごく普通の手つきでも、こういう場所で堂々とやられると刺激的で、猥褻感が漂う。

口では義和を励ましながら、手つきがどんどんいやらしくなって、指先が硬くなった肉棒のぎりぎりをかすめる。

触れそうで触れないのは、わざと焦らしているに違いない。絵梨の目を遮る位置にいるのだから、さっき乳首をいらったように、逸物も撫でてくれていいのにやらないのだ。

それでも太腿や鼠蹊部を手指が這うのは気持ちいい。ペニスにまた血流が集まって、自分でも異様に感じるくらい盛り上がっている。

露骨なポーズのせいだけでなく、確かに肉棒の突っ張る感覚が尋常ではない。こんなにも逞しいおのれの分身を見るのは久しぶりだ。男としての自信が漲ってくる。

美希がまた口元を緩めたかと思うと、他の受講生を見回して、弓型の膨らみを根元からすっと撫でた。

「あっ！」

甘い衝撃が走り、腰が砕けそうになる。

かろうじて体勢を保ったが、あえいでしまったのが恥ずかしい。絵梨が心配そうに見るので、どこか痛めたと思ったのかもしれない。まさか美人の講師が男の逸物を撫でたなんて思いもしないはずだ。

美希はさらに、周りを確認しながら二度三度、軽く掃くように指を這わせた。

今度は大きく張った亀頭の段差もちょろっとやった。

——どうせ誰にも見えないんだから、しっかり握ってしごいてほしい。

区民センターのヨガ教室で、こっそり手コキしてもらえたら最高だろう。想像しただけでますます昂奮する。公共の場で淫戯に耽る快感は、義和を虜《とりこ》にしそうだった。

実際は誰にも見えていないわけではなく、正面の大きな鏡に映っている。だが、距離がある上、間に受講生がいるので、よくよく見ないとわからないのだ。

逆の言い方をすると、しっかり注視すれば気づくということで、美希は鏡に映っていることを承知でやっているのだ。さっきからしきりに周りを見るのは、誰かが気づいてないか確認するために違いない。

——気づかれないうちに、早く握って……。

やさしいタッチでも、やはり焦らされているみたいだ。すがる思いで見上げると、美希はにんまり笑って、最後に羽根のように軽やかにひと撫でするとそれだけで去ってしまった。

義和は生殺し状態にあえいだ。いっそ自分で思いきりしごきたいが、それもできなくて腰をもじもじさせるばかりだ。

心配そうにしていた絵梨は、どうしたのかと腰の方に目を移して、とたんに瞠《どう》目《もく》した。異様に盛り上がる股間を見つめ、ぽかんと口を開けたまま表情が固まってしまった。

——そんなに見つめなくたって……まあ、こっちはかまわないんだが……。

自信と照れが入り混じって、くすぐったい心持ちだ。

しかし、美希の仕業だと知らなければ、ヨガ教室で勃起させている中年男というのはどんなものだろう。ちょっと気持ち悪い奴、と映らないか——。

妙なことを気にして絵梨を見ていると、彼女も視線を感じたのかこちらを見た。とたんに頬が桜色に染まる、その羞じらいの表情が何ともいえない色香を放って胸に刺さった。

——なんて色っぽい目をしてるんだ！

どうやら彼女の頭の中は、股間に見入っていたのを知られた恥ずかしさでいっぱいらしい。頬を染めるあたりは初心な少女みたいだが、瞳が濡れているのを見れば性愛の悦びを知った熟女だとわかる。

屹立したペニスに響くものがあった。もっとじっくり見てもらいたい気持ちが強くなったのだ。

4

「では、復習はこれくらいにして、今日のテーマである〝股関節を柔軟にするヨガ〟を始めましょう」

義和の思いをよそに、美希は本題に入った。

立った状態で行うポーズを、ゆっくりした動作と説明で教える。受講生たちがそれに続き、絵梨も我に返ったように倣った。

義和も遅れずについて行こうとするが、股関節が思いのほか硬くて大変だ。体が硬いのはすでに自覚していたが、股関節はそれ以上なので難儀する。

美希はひとつのポーズを受講生たちに何度かやらせて、きちんとできているかを確認して回り、それから次に移るのだが、義和のところに来ると必ずと言っていいほど直しが入る。

初めてヨガをやる彼に気を使って丁寧に教えるように見せて、実はあちこちらを撫でさすり、隙を見て乳首をなぞったり弾いたりする。

だが、それだけで終わってしまうので、やはり生殺しに変わりはなかった。ペニスは萎えるかと思うとまた刺激され、勃起する。そのたびにとろり、とろりと粘液を洩らした。

さまざまな立位のポーズを終えると、最後は座位だった。

「代表的な〝合《がっ》せきのポーズ〟をやってみますから、よく見ていてください」

美希がマットに座って手本を示した。胡坐《あぐら》に似ているが、前で足を組まないで、足の裏と裏を合わせて手前に引き寄せるポーズだ。足を組まないので、それだけ股関節が開くことになる。

受講生たちはそれぞれ、美希を手本に同じポーズを試みる。

――これは、オレには無理だろう。

義和はできないと思って、最初から手加減するつもりでいた。にもかかわらず、足の裏を合わせ、手前にほんのちょっと引き寄せただけで、股関節が悲鳴を上げた。

「痛っ!」

思わず大きな声を上げてしまい、全員の注目を浴びることになった。

「並木さん、無理をしないで、みなさんと別のメニューにしましょうか」

美希は義和をひとまず休ませ、他の受講生に続きを教える。基本のポーズから変化するパターンがいくつかあって、先にそれをやってみせてから、始めるように促した。

それから義和のところにやって来て、仰向けになって膝を立てるように言った。他の受講生たちの動作をかけ声で指揮しながら、合間に義和に声をかける。

「足をくっつけたまま、膝を開きますよ」

仰臥の体勢でさっきと同じことをするわけだが、横たわっただけで股関節はずいぶん楽だった。

「股関節が硬い人は、無理に脚を開かないで、こうやって膝を上下に揺らしてると、だんだん柔らかくなりますよ」

美希は傍らにしゃがむと、義和の体を見本にして、両方の膝を摑んで揺さぶった。ツンと突き出したヒップがすぐ目の前にあるが、下着のラインがない。よく見ると中央に細い縦線がうっすら浮いていた。

――いつもTバックなのか……。それにしても、いいケツしてる。まるで触ってほしいって言ってるみたいだ。

義和の腕を跨ぐ恰好でしゃがんでいるから、やろうと思えば簡単に触れるのだが、

——いや、待てよ。これならアソコの方が触りやすいぞ。

絶妙の体勢であることに気づくと、にわかにスケベ虫が騒ぎだした。手首を曲げるだけで秘部に指が届くだろう。おそらく絵梨の位置からは見えないはずだ。こんなところで痴漢のチャンスがやって来ようとは、しかも念願の秘部タッチができるなんて、想像しただけで逸物がむずむず疼いてしまう。

義和は歓び勇んで触ろうとした。そこで思わぬ先制攻撃に見舞われた。

「それにしても硬いですね、並木さんの股関節」

美希の両手が膝から股関節へ移動して、やんわり揉みほぐしたのだ。まるでマッサージ師か整体師のように、何の躊躇いもない手つきだったが、位置がきわどすぎる。

——そんなところを揉んだりしたら……。

押さえているのが逸物の両脇なので、直接触れなくても性感を刺激する。力が弱まりかけた肉竿は、すぐさま復活の烽火《のろし》を上げた。

隣で合せきのポーズから前屈姿勢に移っていた絵梨が、美希の言葉で何かを感じたらしく、伏せている顔をやや横に向けた。

ちょうど股関節を揉みほぐす手つきがよく見える角度にあるはずだが、義和からは彼女の目元は隠れて見えない。そのせいで、こっそり覗き見る様子がいっそう淫靡に映る。

美希の手が見えるなら、その狭間の太い棒状の盛り上がりも間違いなくよく見える。絵梨のあの瞳がさらに濡れているかと思うと、背筋がぞくぞく痺れてたまらない。

——好きなだけ見てくれ。

自然に絵梨の側に腰が傾いて、より見やすい体勢になっていた。

「柔らかくなるように、普段からよく動かしておいた方がいいですよ」

「そ、そうですか……股関節なんて、気にしたことなかったからなあ」

かすれ気味の声で美希に応えるが、心は上の空だ。絵梨に見られてもいいから、とにかく握ってしごいてくれないかとまた考えてしまう。

だが、美希はペニスを屹立させただけでやめてしまった。

「はい。それでは、ゆっくり息を吸いながら、上体を起こしましょう」

声を張り上げて号令すると、前屈していた受講生たちが一斉に上体を起こした。

「次は休息のポーズで、少し体を休めます」

仰向けに寝て全身の力を抜き、ゆったり五分くらい休むように言って、美希は受講生たちの様子を見守った。

勃起状態で取り残されたペニスが虚しく脈打った。放っておかれた義和は、もやもや燻《くすぶ》る欲求を抑えきれなくて、とうとう美希の股に手を伸ばした。

ジャージ越しに秘部に触れたとたん、美希の動きが止まった。さらに円やかなカーブをなぞると、背中に緊張が走るのがわかった。

――触った……ついに触った！

公共の場で女性の秘部に触れていることが嘘みたいだが、円い丘の出っ張りを越え、手前の谷間へ続くラインを指先でたどるうちに、実感がひしひしと湧いてきた。

チラリと絵梨に目をやると、まだこちらを気にしている。だが、仰臥したことで美希の手元が見えなくなったらしく、視線がそわそわ落ち着かない。

勃起を見られるのも昂奮するが、これはこれで焼きもちを妬かせているような気分になれて愉しい。

いずれにしろ義和の手元は死角にあるので、手首から先だけで美希の秘部をいらっていれば、気づかれる心配はない。

――クリトリスはどのあたりだ……。

いちばん気持ちいい場所をさぐり当てようと、指先の神経を研ぎすませる。だが、ジャージ越しではなかなか感触が摑めなかった。

美希の反応を見て判断するしかないと思い、爪を立てて強めになぞってみる。ジャージの縫い目が秘裂からずれている可能性も考え、微妙に位置を変えながらなぞると、ふいに美希の尻が揺らいだ。

——ここだな！

さぐり当てたポイントを集中的に攻める。

すると、美希の手が股間に伸びた。受講生たちの様子をうかがいながら、肉棒全体を包むように撫でる。

——気持ちいい……。

よりいっそうの快感を求めて、思わず腰が浮いた。

すかさず美希は、肉棒をぎゅっと握り込んだ。調子に乗るなと咎めるような強さだが、それでも心地よくて、義和はくちびるをあえがせた。

絵梨が異変を敏感に察知したらしく、そわそわが激しくなった。ヨガ講師の手コキを見せてやりたくもあり、もっと焦れてほしくもあり、義和の昂ぶりは増すばかりだ。

美希は握りを変えて、先端の塊をもみもみしだした。より敏感な裏筋や段差の部分に指が当たって、快感がさらに加速する。

お返しに義和も、クリトリスと思しきあたりを攻め続ける。その一帯が熱を帯びて、気のせいか湿ってきたようにも感じられる。

やがて美希は、ヒップを落として床にぺたんとしゃがみ込んだ。義和の手の上に尻を乗せる恰好で、さらには肉棒から手を離してしまった。

「これで休息は終わりです。次は合せきのポーズから、息を吐いてゆっくり後屈していきます」

美希はさきほどやって見せた最後のポーズを指示した。いま義和がやっているのとよく似ているが、股関節の開き方が違って、両膝を床につけるくらい開くのだ。もちろん全員がすんなりできるわけではなく、美希は名前を挙げて修正すべきところを指摘していく。

そうしている間も、義和はずっと秘裂部分をいじっていた。真剣に教えようとする美希を邪魔するように、敏感な一点を攻めまくった。

それでも彼女は声音に乱れもなく、的確に指示を送り続けた。そして、みながきちんとできたのを見届けると、再び逸物に手を伸ばした。

手のひらで亀頭部分を圧迫して、縦横に揉み転がされると、硬くなった肉塊が快楽の雄叫びを上げた。

——そ、それは……まずいんじゃないか……！

肉竿がぐんと強く反って、にわかに射精欲が兆《きざ》した。

いくら気持ちよくても、この場で出すわけにはいかない。ブリーフが汚れるくらいは何ともないが、匂いで他の受講生にばれてしまう。

たぶん美希は何事もなかったようにこの場から離れ、後で気づいた周りの人から義和が白い目で見られるのだ。ヨガ教室で勃起どころか射精までしたとあっては、それこそ変態のレッテルを張られてしまう。

そんな不安が快感と入り混じって、義和はどうしていいかわからない。腰をよじって美希の手から逃れても、他の受講生に不審がられずにすむだろう。だが、この快楽が終わってしまうのはあまりにも惜しい。

美希は肉棒をゆっくり縦に擦りだした。手首に近いところで亀頭を擦り、指先が睾丸に届くと軽く揉みあやす。感じやすい部分を交互に刺激されて、射精欲はますます高まっていく

美希の愛撫が気持ちいいだけではない、周りに多くの受講生がいることで、よ

り烈しい昂奮に晒されている。だが、彼らがいるせいで、射精するわけにいかないのだ。

義和にとっては、行くも戻るも酷なこと、文字通り進退窮まった感がある。

ところが、美希はそんなことなどお構いなしだ。指戯をやめないどころか、肉棒を握って剛直ぶりを確認すると、玩弄にいっそう熱が入った。

五本の指先で亀頭を摘まみ、ぐりぐり回したり擦ったり、また戻って手のひらで揉み転がしたりと、本気で射精させるつもりとしか思えない。

――ああ、もうヤバイ……ホントに出そうだ……。

急速に快感が高まって、折り曲げていた両脚が勝手に伸びてしまった。爪先までぴんと伸ばすとさらに気持ちよくなって、下腹の奥からマグマが迫り上がる。快感が不安を吹き飛ばし、もうどうにでもなれと思った瞬間、激しい噴出が始まった。

肉竿が二度、三度と強く撓って、ブリーフの中で亀頭が熱いぬめりを浴びた。気持ちよすぎて何も考えたくない。

美希も発射を感じ取ったようで、すぐに手のひらを肉棒に被せ、脈動を確かめた。噴出が終わると、名残惜しそうにゆるゆる揉みあやしてから、手をどけた。

だが、予想した通り、手を離すとすぐに立ち上がり、前方に戻って受講生たちを眺めわたした。

「はい。それでは、ゆっくり起き上がってください」

それを合図に、全員がスローモーションのように体を起こす。

義和は急に現実に引き戻され、慌てて起き上がった。

「あっ、すみません。ちょっとトイレに……」

了承を得ている余裕もなく、すぐさま部屋から抜け出すと、なるべく精液がブリーフに染みないよう、腰を引いた妙な恰好でトイレに駆け込んだ。

第四章　オンナが達するとき――

1

「これだけだったか……」

　義和はトイレの個室でちょっとがっかりしてしまった。気持ちよかったわりに射精量は少なく、おかげであまり下着を汚さずにすんだが、男としての衰えをあらためて感じさせられた。

　それでも、五十代も半ばを過ぎてあれだけ力強く勃起することが、素直にうれしい。ぽかんと口を開けていた絵梨の表情を思い浮かべると、少しは誇らしい気分になれた。

だが、とにかく後始末が先だ。急いでペーパーで精液を拭い、染み込んだ部分は搾るように擦り取る。ブリーフに鼻を近づけると匂ったが、スウェットパンツを穿いてしまうと、どうやら大丈夫そうだった。

トイレから戻ると、ちょうどレッスンが終わって、受講生たちが部屋から出てくるところだった。中年カップルは二人だけで、他はそれぞれ数人ずつまとまっておしゃべりしながら廊下に出てきた。

義和に気づいた人は、首をほんの少し傾けて挨拶の意を示したが、その中で絵梨だけは声をかけてきた。

「お疲れ様でした」

「どうもありがとう。隣で参考になりました」

義和が礼を言うと、一瞬、立ち止まりかけたが、他の受講生に押されるように、そのまま更衣室へ行ってしまった。

彼女が頭を下げたとき、チラッと視線が股間に向いたのを義和は見逃さなかった。その目が艶っぽかったこともあって、横でこっそり盗み見ていた様子が思い返された。

――よかった。いまの感じだと、ただの小用だと思ってくれたな。

慌ててトイレに向かったのを、絵梨が不審に思っていないようなので、義和は安堵した。

あらためて鼻をクンクンやってみて、精液の匂いがしないことを確認しているところへ美希が出てきた。部屋を覗くと、残っている受講生はもういなかった。

「どうでした？」

「いや、まいったな。いくらなんでも、あそこまでするとは思わな……」

廊下に誰もいないのに小声で尋ねるから、射精の後始末のことだと思って、照れ隠しにくだけた調子で言うと、大袈裟に顔の前に手をかざして止められた。

「初めてヨガをやってみて、どうでした？」

美希は意地悪そうに笑みを浮かべる。引っかけたな、と思いながらも、とりあえず率直に感想を言ってみた。

「我ながら、こんなに体が硬いと思ってなかったんで、けっこう大変だったです。これでも続ければ、なんとかなるものですかね」

絵梨が言っていたことを思い出して言うと、

「最初はしんどいかもしれないけど、怠けず定期的にやれば、すぐ慣れると思いますよ。今日一緒にやった受講生さんたちも、きつそうだったのは始めのうちだけでしたから」

さらにいくつか具体的な例を挙げて、レッスンの様子を聞かせてくれた。毎回、必ずおさらいをやるし、前に習ったポーズを違う組み合わせでまたやったりもするので、みな覚えやすいと言っているそうだ。

痴漢男にもかかわらず入会を勧める口ぶりなので、通えばいろいろ愉しいことがありそうな気がしてきた。ここに来るまでは、また駅で見かけて触るチャンスがあればと思っていたが、それ以上の展開が望めるかもしれない。

「だったら、正式に申し込んでみようかな」

すると美希は、また意地悪そうに口元を緩めた。

「肝腎なのは、真剣にヨガをやる気があるかどうかですけど」

明らかに見透かした目をしている。だが、レッスン中にこっそりエロいことをしてきたのは彼女自身なのだ。

「今日はこれでも、真剣にヨガをやるつもりで来たんですけどね」

皮肉めかした言い方で返すと、あれは電車で触られた仕返しで、ちょっと恥ずかしい思いをさせたかっただけだという。

義和は彼女に拒む意志がないと見て触り続けたので、仕返しと聞いて意外な思いだった。あのときは美希も感じていると思っていたのだ。

「父親がいつもあんなことしてるって知ったら、サチはどんな顔するかしら」

「待ってくれ！　頼むから娘に言うのはやめてくれないか。第一、あんなことしたのは初めてなんだ、嘘じゃない！」

最初にバストが肘に触れた女や、ヒップに股間を押しつけた女が思い浮かんだが、細かいことはどうでもよかった。娘の名前を出されると、必死にならざるをえない。

「そんな都合のいいことを言って」

「いや、本当だ。あんな身動きできない状態だと、男は体が勝手に反応しちゃうことがあるから……わかるだろ、そういうの。だから、そんな気なくてもついムラムラっと……」

更衣室から着替え終わった人が出てくるのが見えたので、義和は口を噤《つぐ》んだ。美希に挨拶して帰る彼女たちが、階段から見えなくなるのを待って話を続ける。

「要するに出来心ってやつさ。あのときは、きみが嫌がってるようには思えなかったから、つい調子に乗ってしまって……っていうか、けっこう感じてるように見えたんだけどね」

「その通りよ」

美希があっさり認めて拍子抜けしたものの、それでもほっと胸を撫で下ろしたのは確かだった。ところが、

「だからちゃんとイクまでしてほしかったのに、中途半端に終わっちゃって、不完全燃焼だったじゃない」

さらに大胆な発言が飛び出した。痴漢を咎める気がないどころか、積極的に望んでいたというのだ。

本当にそういう女がいたことに、驚きと感動が同時に湧き上がった。その一方で、美希の言ったことに素朴な疑問が浮かんだ。

「電車で痴漢されて、イクことがあるのか？」

満員の乗客に囲まれてこっそり触れれば、女が感じてしまうこともあると思うが、アクメに達するというのはにわかに信じがたい。

「もちろん、あるわよ」

はっきり言いきって、美希の瞳が潤むような光を帯びた。くちびるの端に微かな笑みが浮かぶ。ふいに艶めいた表情を見せられて、義和の胸がドキドキ高鳴りだした。

「そ、それって、どういう……」

また更衣室から人が出て来て話が中断する。再開する間もなく次の人たちが現れて、切れ目ができるのを待っていると、なかなか話を続けられない。

電車でどんなことをされたらイクのか、具体的に教えてほしかったが、そうやって時間が空けば空くほど訊きにくくなってしまう。

美希は講師の顔になって受講生たちと挨拶を交わしながら、義和には何やら意味ありげな流し目を送ってくる。義和はそわそわ落ち着かないまま、帰っていく受講生たちを見送っていた。

「まだ、どなたか着替えてますか」

「いえ、わたしたちが最後です」

「そうですか。では、気をつけてお帰りください」

ようやく全員が帰って、さっきの続きを話そうとしたら、美希はくるりと背を向け、手招きをして更衣室のもうひとつ奥の部屋に向かった。

意味もわからずとにかくついて行くと、美希は着替えたらここで待つように言って、扉の横のボタンを押した。その部屋だけスライドドアになっているが、多機能トイレというわけではないようだった。

2

義和が更衣室で着替えて戻ると、少しして扉が開き、美希に部屋の中へ招かれた。彼女は黒のタンクトップとひらひらしたグレーのミニスカートに着替えている。

「ここはわたしが控室として使ってるんです」

十畳ほどの部屋には、ベッドにもなりそうな幅の広い長椅子が壁に沿って置かれ、向かい側にロッカーとスチール製のパイプハンガーがあった。だが、それ以外には何もない、殺風景な部屋だ。

「なんですか、この部屋は」

「普段は車椅子の人用の更衣室だそうです」

「なるほどね」

それでここだけ自動開閉するスライドドアになっていたり、ベッドのような大きな椅子が置いてあるのだと納得した。

美希は義和にそこに座るように勧めると、レッスンで使った部屋は時間貸しで、あと三十分くらい残っているから、それまでに出ればいいのだと言った。

長椅子に腰を下ろすと、美希も隣に座る。

「ちゃんと〝オトシマエ〟をつけてくれたら、サチに内緒にしてあげる」

「落とし前？」

「言ったでしょ、あのときは中途半端に終わったから不完全燃焼だったって」

不満そうにくちびるをつんと尖らせるが、瞳は艶やかな光を放っている。また引っかけではないかと疑ってみるが、誘いをかけてるとしか思えない。残った三十分で、あのときの続きをやろうというのだろうか。

どうしようか迷っていると、美希は彼の右手を取って、躊躇うことなくバストに押し当てた。ぴったりしたタンクトップ越しに、縫い目のないブラジャーに包まれた柔肉の円みを感じた。

二人きりの部屋が、にわかに淫靡な空気で充たされていく。

——最初からその気でいたってことなのか？　だからみんなに教えてる間も、エロいことしてきたんだ。

俄然、男の本能が目を覚まし、奮い立った。思わぬ据え膳が娘と同い年の瑞々しい肉体だなんて、この上ない幸運に言葉も出ない。息を荒くして揉みしだくと、美希のくちびるから甘くあえぐ声が洩れた。

　義和は思わずタンクトップの胸元に顔を埋めた。双丘のもうひとつが頬に当たり、むにっと撓んだ。鼻腔をくすぐるのは先日の薔薇の香りではなく、もっと甘い、果実を思わせる匂いだ。それにほんのり汗の匂いが混じって、南国のビーチを連想させる。

　鼻先をバストの頂点に埋めて、もう片方は押し上げるように揉みしだく。たぷっとした量感に目が眩みそうだが、揉むたびに手指を押し返す弾力も素晴らしい。鼻先を振ると、先端が弾むように擦れる。

　そのうちにタンクトップの上からでは物足りなくなって、中に手を忍ばせた。つるんとしたカップを摑むとさらに欲が出て、気忙しく背中のフックに手が伸びてしまう。

　美希は外しやすいように背を反らしてくれた。フックが外れた瞬間、ブラジャーを弾き返す勢いで乳房が解放され、直接触れていないにもかかわらず、重みが感じられた。

　柔らかな乳房を鷲摑みにすると、極上の手触りにいっそう欲望をかき立てられる。うっすら湿っていて、裾野のあたりは汗が溜まってぬるりと滑るのがなまなましい。

ぐいっと搾るように揉み上げると、

「あっ……」

美希の口からあえかな吐息が洩れた。たとえ声が出たとしても、聞こえそうなところに人はいないから心配ないはずだ。

遠慮は要らぬとばかり、指先で乳首を捉え、くりくり転がしてみる。まだ硬く尖りきっていないのに粒は大きく、嬲《なぶ》りがいがありそうだった。

勢いに任せて裾をずり上げると、美希と目が合った。潤んだ瞳にはどこか挑むような色が浮いている。不完全燃焼と言ったとき、不満そうにくちびるを尖らせたのを思い出した。

――いいだろう、思いきり気持ちよくさせてやる！

タンクトップもろともめくり上げたブラの下から、濃いピンクの乳首が現れた。予想よりも初々しい印象で、乳暈もさほど大きくない。

だが、大粒の突起は、乳房を揉むだけで手に当たってよじれ、気持ちよさそうに存在感を示している。

義和は誘われるように口に含み、ねろっと舐め上げた。わずかに汗の塩気があったが、ちょっと舐め回しただけで薄れてしまった。

早く尖れとばかりに舌先で転がし、弾いたり甘咬みしたりと攻めまくる。さらに、右の乳首から左の乳首へ行ったり来たりを繰り返した。

こんな若々しい弾力に満ちた乳房にありつけるとは、思いもしなかった。久々の舌使いにどんどん熱が入って、気持ちに抑えが利かなくなる。

美希を押しやって仰向けにすると、本格的な愛撫体勢で覆いかぶさった。何年ぶりかと考えたりはしないが、女体にのしかかる感覚がずいぶん懐かしく思えた。

乳首を舌で嬲りながら、右手を乳房から脇腹、腰、太腿へと這い下し、さらに内腿へ侵入させる。ひらひらした極薄のスカートは体にまといついていて、太腿の柔らかな肉感がダイレクトに伝わった。

内腿の合わせ目に到達すると、円やかな丘から谷間へと続くカーブまで、苦もなく触れることができた。

レッスンのときとは逆に、今度は前から秘丘をなぞって敏感な肉芽の位置をさぐった。硬い丘のカーブを辿って、さっきのポイントを思い出しながら指を使う。

ところが、この体勢の方が容易なはずなのに、なかなか位置がはっきりしなかった。気になって美希の表情をうかがいながらさぐってみるが、いまひとつ反応が鈍い。とりたててあえぐでもなく、仰向けでそっと瞼を閉じたままでいる。義和の指に意識を集中しているようだが、敏感な突起をいじられたような反応を見せないのだ。

——どうも、おかしい……。

義和はしだいに焦れてきて、スカートを手繰って下着の上からさぐってみた。だが、そもそも極薄のスカートなので、捲ったところで大差なく、これは直に秘肉に触れるしかなさそうだった。

意を決してウエストのゴムをずらし、そろりと手を入れてみる。ざらついた秘毛の丘を撫でながら這い進み、さらにその先を目指す。

谷間に落ち込むあたりで毛叢が途絶え、秘肉に触れた。目標に近づいて、いっそう慎重になってさがすと、ぽつんと肉の膨らみを感じた。

——これだ！

とたんに気持ちが奮い立ち、ゆるゆる円を描いて揉みあやした。さぐり当ててみると、肉の芽は思った以上に大きそうだ。包皮から露出しているようにも感じるが、それでどうして反応が鈍いのか、訝しくもなる。

ついでに秘裂をちょろちょろ掻いてみると、期待に反してというか、予感した通りというか、濡れているとは言い難い状態だった。湿ってはいるが、蒸れて汗ばんでいるだけのようで、押しても蜜が滲み出る気配はない。

彼女は相変わらず瞼を閉じたまま、くちびるをあえがせてもいない。

義和はもう一度乳首を含んで、舌と歯を使った。乳首と肉芽を同時に攻めると、美希の腰がわずかにくねった。気をよくして攻め続けると、さらに甘い吐息も洩れるようになった。

単調にならないようにパターンを変えようとすると、上か下かどちらかが疎《おろそ》かになってしまうが、長らく性行為から遠ざかっていたのだから仕方がない。とにかく懸命に舌と指を使い、愛撫にいそしんだ。

ところが、そこまで頑張っても大して濡れる兆しはなく、様子をうかがうと、美希は目を開けて天井を見ていた。甘い吐息を洩らすわりに、表情は落ち着いている。

義和は訝りながらも、乳首と秘芽を併せて攻め続けたが、やはりいまひとつ感じないようだった。

「なんだか、あまり感じてないみたいだけど……」

痺れを切らして尋ねると、こくんと正直に頷かれ、手が止まってしまった。

「実を言うとわたし、ずっと以前から不感症気味なの。あのときの続きなんだって思ってみたけど、どうもダメみたい」

諦めたように言うと、切れ長の目が媚を含んで潤み、気が強そうな顔貌はぐっと和らいだ。

義和は戸惑いを隠せなかった。彼女の口から不感症気味と言われても、嘘だろうと思ってしまう。

「でも、こないだは感じたって言ったじゃないか」

「電車だと感じるの、ちょっと変かもしれないけど」

「どういうこと?」

不可解な思いを隠さずに訊くと、美希は詳しい話を聞かせてくれた。

3

高塚美希が初めて痴漢に遭ったのは、高校に入学して間もない頃の通学電車だった。

乗ってすぐ、誰かの手が尻に当たっているのに気づいたが、混んでいて偶然触れただけだと思った。

当たっているのは手の甲だが、いつまでたっても離れないので、〝もしかして……〟と思って背後に意識を集中すると、どうやら痴漢らしいとわかった。

当時はまだバージンだったが、性に対する好奇心が旺盛で、覚えたてのオナニーを週に三、四回はやっていた。電車の痴漢にも興味があったので、怖いもの知らずというか、触れられるままにしていた。

すると、痴漢はしだいに露骨に触れるようになり、さらには手のひらでしっかり触ってきた。

「痴漢されてるんだって思うと心臓がドキドキして、男の人の手でお尻を触られる感覚そのものより、その状況に昂奮してたと思う」

そのときは、学校のある駅まで触られ続けた。降りてトイレに駆け込むと、下着がべっとり濡れていて驚いた。

いまほど烈しくないにしろ、すでにイク感覚は知っていて、気持ちいいと濡れるのは自然なことだと思っていたが、オナニーでは経験したことのない濡れ方だった。

それ以来、美希は朝の混んだ電車に乗るたびに、痴漢に遭うことを待ち望むようになった。

そんな話を、義和はショーツに手を入れたまま聞いていた。途中で秘肉を触っていることを思い出したが、いまさら手を引っ込めるのも唐突な感じがして、美希も特に気にする様子もないので、そのままにしておいた。

「その後もお尻を触られることは何度かあったけど、期待してたほど多くはなくて残念だった。やっぱり、気が強そうな女子高生に見えたんだと思う」

彼女はその頃から顔立ちが大人びて、目力も強かったせいで、特に初対面の人には鼻っ柱の強そうな印象を与えていたらしい。

義和はいまの話でふと気になることがあって、尋ねてみた。

「うちの沙知絵はどうなんだろう、痴漢に遭ってたのかな」

もう十年あまり前のことなのに、そういう話を聞かされると、男親としては気になってしょうがない。

「サチは、しょっちゅう狙われるってこぼしてた」

美希に真顔で言われ、少なからずショックだった。過去のことだから心配してもどうにもならない、訊かない方がよかった、と思った。すると彼女は、

「でも、あのコはすぐに睨み返すから、大して被害に遭わなかったみたい」

安心させることを言い、義和の表情が変わるのを見て微笑する。

——そうか、正義感が強い娘だから、痴漢なんて許せなかったんだろうな。

安堵する一方で、触ろうとした男たちの心境がわからなくもない。娘のことだと腹立たしいのに、高校時代の美希の制服姿を想像すると、自分もその気になっていただろうと思う。

痴漢を睨み返す娘の目が、自分に向けられているように感じたが、疚しい気持ちは前ほど湧いてこなかった。

「二年生の夏にバージンではなくなったんだけど……」

美希が話を戻すと、秘肉に触れている指がぴくりと反応した。ここに初めて男のモノが入ったのかと思った。

「聞いていたほど痛くなかったせいもあって、〝こんなものなの？〟って感じで、あんまり気持ちよくなかった」

回数を重ねるうちに少しは感じるようになったが、これならオナニーの方が気持ちいい、というレベルだったらしい。

相手は同級生の男子だったそうで、義和は男の技量が問題だったのではないかと思ったが、そこで深入りしてもしょうがないので黙っていた。

性体験からしばらくして、美希は初めて痴漢にスカートの中に手を入れられた。正面から向かい合わせになった、中年のサラリーマンだった。

「アソコをすりすりされたときから昂奮状態だった。スカートをじわじわめくり上げられると、それだけですごく濡れちゃって、ショーツを触られたときはもう、すごいことになってたと思う。痴漢の指がアソコまで伸びてきて、ショーツが湿ってるのを確かめるみたいに、同じところを何度も触って、濡れてるのを気づかれたって思ったら、顔が真っ赤になるくらい昂奮して……」

しだいに美希の声は、熱に浮かされたうわ言のようになってきた。初めて痴漢に秘処を触られた当時のことが、リアルに甦っているのだろう。それほど鮮烈に記憶しているに違いない。

ふと義和は、指に微かなぬめりを感じた。肉溝をちょっと押してみると、蜜がじわっと滲んで、ぬるっと指が滑った。

——思い出して濡れたのか！

溝を擦るとすんなり割れて、ぬめぬめした粘膜が現れた。中は思った以上に蜜が溜まっていて、少し掻いただけで外に溢れ出した。

「そうすると、痴漢が耳元で〝濡れてるじゃないか〟っていやらしく囁いて、それでもっと昂奮しちゃって……」

義和は俄然興味が湧いて、その痴漢になり代わることを考えた。美希の耳元にくちびるを近づけ、熱い吐息で囁いた。

「いやらしいな、びしょ濡れじゃないか」

「ああっ……」

あえぐ声とともに、太腿で手を挟まれた。それでも指で掻き続けると、あとからどんどん蜜が溢れてくる。

「ショーツの脇から痴漢の指が入ってきちゃって、直接アソコを触られたらもうダメ……頭がボーッとして、立っていられないくらい気持ちよくなって……」

美希の声はいっそう熱を帯びてくる。

こね回して蜜を塗り広げると、肉びらは厚ぼったくなってさらに口を開いた。

さっきまで何をやっても濡れなかったのが嘘みたいだ。

「すぐにクリの場所を見つけられて、ちょこちょこいじられると体が痺れてきて……ああんっ！」

肉芽に蜜を塗りつけたとたん、美希は腰をがくっと揺らして大きくあえいだ。

ぐるぐる円を描いて擦ると、細い顎を天井に向け、背中をアーチ状にして仰け反った。

体験談を聞きながら秘処をいじり回すうちに、義和も電車の中で濡れた肉をこねている気になって、再び股間が強張ってきた。射精してまだ間がないというのに、我が事ながら、これにはさすがに驚いた。

美希の太腿に押しつけると、ますます気持ちよくなる。すると彼女が腰をひねって、肉棒がヒップに当たるようにした。すかさず横向きで重なると、尻に股間を押しつけ、前に回した手で秘処をさぐる体勢になった。

「さんざんクリをいじり回された後、とうとう指が入ってきて……」

美希の言葉にすぐさま反応して、蜜穴に中指を突き入れる。思ったより狭く、軟らかな粘膜がひくひくっと締めつけた。

「ずうっと奥まで入ってきて……」

指を付け根まで埋め込むと、入口がくいっと収縮した。ペニスの挿入感を想像せずにはいられない強さだった。

「指が出たり入ったりして、中がぐちょぐちょになって……」

美希は痴漢の指を思い出しながら、それを義和に再現させている。告白のままに抜き挿しすると、あえぎ声はいっそう高まり、腰をくねらせて悶えはじめた。

指の付け根まで溢れた蜜にべっとりまみれ、抜き挿しのたびに、閉めきった部屋に淫らな音が響く。義和は荒々しくかき混ぜて、いっそう派手な蜜音を美希に聞かせてやった。

「ホントだ、ぐちょぐちょいやらしい音がしてる」

耳元でねっとり囁いたとたん、軟らかな粘膜が小刻みに震えた。電車の中でやっても、こうなるに違いない。

「すごいな。痴漢されると、いつもこんなぐしょ濡れになるのか」

「そうよ……ダメなの、触られるとすぐこうなっちゃうの」

いまにも泣き出しそうな甘え声は、これまでの彼女とは別人のようだ。義和は気持ちが乗ってきて、自然とSっぽい口調になる。

「それでわざわざ朝の満員電車に乗ってるんだな、痴漢されるために」

美希は気怠そうに首を振り、普段は昼頃の空いた電車で、早朝に乗るのは仕事のシフトの都合で週二回だけだと言った。

「じゃあ、その二回は触ってほしくてたまらないんだろう」

恨めしそうに義和を見て頷く、その目がとろんと蕩けて妖艶な表情になった。元が美人だから、えも言われぬ色香を漂わせる。

肉棒はかなり硬くなり、反りも強まっていた。摑み出して生尻に擦りつけたい衝動に駆られたが、これだけ濡れまくっているのだから、いっそのこと蜜穴に突き入れてしまおうかとも考えた。

4

義和はいったん指を引き抜いて、蜜まみれの手でズボンのジッパーを下げた。美希がどう反応するかと思ったら、体を起こして自分からズボンを脱がせようとする。されるままでいると、小鼻を膨らませてベルトを外しにかかった。

「ここでこんなことして、大丈夫なのか」

心配になって尋ねたわけではない。彼女が借りている区民センター内で淫行に耽っていることを、あらためて意識させるためだ。

美希は時計に目をやると、もどかしげな手つきでズボンを引き下ろそうとする。

「あと十五分くらいね」

慌ただしさよりも、昂ぶりが露わになった口調で言う。早くペニスを摑み出したい一心なのだ。

義和は長椅子に横たわり、腰を浮かして脱がせやすくしてやる。屈み込んだ美希は、ズボンを太腿まで下げただけで、すぐブリーフに指をかけた。一瞬、その手を止めて生唾を呑み込むと、ぺろんとめくり下した。

「すごい！　こんなに大きくなってる！」

躊躇うことなく肉竿に手を添えると、根元から亀頭まで、何度も握って硬さと太さを確かめる。濡れた瞳がますます輝きだした。

かつてよく遊んだヘルスの女たちは、たいてい大きいと褒めてくれたが、それは営業用の常套句だと思っていた。しかし、素人の美希に言われれば、素直に受け取りたい。

もっとも、彼女の男性経験がどれくらいかわからないので、ちゃんと比較できているのかどうか。まあ、これだけの美人だから、経験豊富と見ていいと思うが、正確なところはわからない。

「好きにしていいよ」

早く事を進めたいのは山々だが、美希がペニスをどう愛撫するのか興味が湧いたので、自由にやらせてみることにした。

すると、いきなり亀頭をぱくりとやって、大きさを測るように舌を這わせた。

温かな口腔粘膜に包まれ、ざらついた表面で裏筋を擦られて気持ちいい。下腹をくすぐる彼女の鼻息にも昂ぶりが表れている。

すぐにピストンが始まって、美希は一所懸命に首を振る。髪をアップにしているので、肉竿を咥えた口元がよく見える。頭が上下するたびに、くちびるがめくれては戻り、めくれては戻りを繰り返し、しだいに唾液の泡が滲んで、ますます卑猥な光景になった。

ところが、おしゃぶりそのものは、これといって技巧が感じられないのだった。スライドしながら舌が活発に蠢くわけでもなく、肉竿の根元を支える指もそのままで動かない。何よりピストンの首振りが単調なのだ。

――あまり経験してないのか……。

性的好奇心が旺盛だったという女子高生の現在がこれなのかと、不思議な思いにとらわれた。

だからといって、気持ちよくなれないわけではない。むしろ逆で、ぎごちない舌の動きが、かえって昂奮をかき立てる。もっと淫らな舌使いを教え込みたくなり、男の征服欲をくすぐるようなところもあった。

「ちょっといいかな……」

義和は肉竿の根元から彼女の手を離すと、両手で頭を押さえて腰を突き上げた。

「……んむっ！」

美希がビックリするのもかまわず、小刻みに腰を跳ね上げる。

「これが気持ちいいんだ」

フェラチオするならこれくらいは当然、といった調子で軽く言い放った。無理に奥まで突き込まなければ、本気で苦しがったりはしない。

彼女は最初こそ反射的に逃げようとしたが、すぐにおとなしくなり、亀頭にしっかり舌を当てて受け留めている。唾液にまみれた亀頭が、舌と口腔粘膜を擦って、鉄のような塊になった。

「おお、いいぞ……気持ちよくてこのまま出ちゃいそうだ」

一瞬、美希がハッとして身構えるように硬直した。快感が加速していって、本当に射精しそうな気配を感じる。

だが、ここで口の中に発射したのではもったいない。せっかくのチャンスなので、美希と繋がってみたいのだ。

ペニスを引き抜くと、美希のくちびるから小泡の混じった唾液が糸を引いた。

「やっぱり、こっちの方がいいな」

仰向けに寝かせ、ショーツを脱がせにかかる。美希は腰を浮かして協力してくれた。

途中まで下げたままだったズボンとブリーフを全部脱いでしまい、彼女の両脚を開かせて間に腰を据える。

「いいね、入れるよ」

美希は昂奮の面持ちで二度頷いた。

スカートが捲れ上がり、秘処は丸晒しになった。黒々とした秘毛が丘の上にこんもり繁って、そのすぐ下で蜜にまみれた淫花がぱっくり口を開けている。充血した肉びらは厚ぼったく撚《よ》れて、左右の均衡を崩していた。

「恥ずかしいから……は、早く……」

「わかってるって。そんなに焦らなくてもいいじゃないか」

じっくり見られたくなくて、美希は挿入をせがんだが、肉砲の先を秘裂にあてがって、すりすりするだけで気を持たせる。

「ああっ……」

美希がせつなげにあえぐと、花びらも生きているように蠢いた。秘孔にこじ入れるふりをしながら、溢れた蜜を亀頭にまぶしていると、彼女は自分から押しつけてきた。

「そんなに入れてほしいのか」

「入れて、入れて……早く入れて……」

亀頭が濡れた肉の輪を潜るときの、ぬめぬめした摩擦感が気持ちいい。すんなり呑み込まれると、美希の口からさも心地よさそうなため息が洩れた。

「あっ、はああーっ……」

ゆっくり奥まで入ると、先端が突き当たるのを感じた。やはり中は狭く、砲身全体がきゅっと収まって、心地よい緊縮感に包まれている。女体と交わるのは本当に久しぶりなので、感慨が波のように押し寄せてきた。

美希の膝を摑んで穏やかに抽送を始めると、軟らかな内壁がペニスに吸いつつたままよじれる。

「は、入ってる……奥まで入ってる……ああん……」

仰向けであえぐ美希の姿態を眺めるうちに、裸にして交わるよりも、着衣のままの方がエロチックに思えてきた。

一度捲り上げたタンクトップは臍のあたりまでずり落ちていて、外した中のブラがやや乱れてはいるものの、ほぼ着衣の姿を留めている。スカートも裾を捲り上げただけで、ウエストはしっかり留まっている。

結合部は丸見えだったが、試しにスカートで隠してみると、普通の服装と少しも変わらなくなった。それなのに濡れた肉でしっかり繋がって、快感を共有していることが猥褻な気分を煽った。

いっそのこと義和もズボンとブリーフをきちんと穿き直して、ペニスだけ突き出して結合するという手もあるが、ストロークがどんどん速まってしまうほど気持ちいいので、中断するのが惜しかった。

抜き挿しが速まるにつれ、悶える美希はますます妖艶さを増した。腰をくねらせるのが何とも悩ましく、仰け反ってあえぎ声を上げる表情も、蕩けるほど甘く崩れている。

「ああん、ダメェ……こんな気持ちいいの初めて……おかしくなりそう……」

懸命な愛撫にもほとんど感じなかった彼女が、これほど妖しい乱れ姿を見せるとは思わなかった。やはり、痴漢体験を思い出してぐしょ濡れになったのが効いているのだ。

——痴漢されるとすぐ濡れちゃうって言ったけど、セックスではこんなに濡れたり乱れたりすることはないのか……。

妙な性癖の持ち主だと感心しつつ、義和は力強い突き込みを続ける。

ふいにひとつの疑問が浮かび上がった。

「電車で痴漢に挿入されたことはある？」

「……それはないわ」

「でも、やられてみたいだろう」

美希は蕩けるまなざしで頷いた。

「ちょっと立ってみて」

いったんペニスを引き抜いて起き上がり、彼女を壁に向かって立たせた。立位でバックから挿入して、擬似的に車内セックスをやってみるのだ。

背後でスカートを捲ると、美希はすぐに意図を察し、壁に手を当てて剝き出しの白い尻を突き出した。義和は腰を落として狙いを定め、肉棒をにゅっと突き刺した。

「あああんっ！」

甲高いあえぎ声とともに、美希の背中が優美なカーブを描いて反り返る。

肉壺はきゅきゅっと締まって、中へ引き込むように蠢いた。

義和はやや膝を曲げたまま、小刻みに腰を使った。派手に大きく動くより、その方が電車内で合体している気分にひたれる。背後にぴったり重なって、尻の外半分を両手で撫で回すと、まさに痴漢そのものだった。

生尻がスカートで隠れたので、美希は普通に着衣のまま立っているように見える。これで義和がもしズボンを穿き直していたら、擬似車内セックスはいっそうリアリティを増したはずだ。

「すごいな、ぐっちょぐちょだよ」

耳たぶに熱い息をかけると、美希は腰をくねらせてペニスを締めつけた。妖しい蠢動《しゅんどう》が強まって、猥褻感がさらに濃くなる。

小刻みに腰を律動させるうちに、美希を壁ぎりぎりまで追い詰める形になった。義和は両手を壁との隙間に差し入れて、タンクトップのバストを摑み、満員電車でここまでやれたら最高とばかりに揉みあやした。

双丘が手に貼りついて、悩ましいほどの弾力で押し返してくる。フックの外れたブラを上からずらすと、乳首が尖り立っているのがタンクトップ越しでもよくわかった。くりくり転がしたり弾いたり、大粒の乳首を好きなように嬲りながら、ときおり、ずんっ、と強く突き上げてみる。

美希は俯いてよがり声を抑えている、と思ったら急に仰け反って、

「なによ、これ……ああん、ダメ……どうにかなっちゃいそう……ああっ……」

熱に浮かされたようにあえいで、しきりに首を振る。

義和も昂奮のあまり、腰使いがしだいに大きく、激しくなっていく。なるべく持続させようという気にはならず、快感の上昇に身を任せていると、ふいに退出時間が迫っていることを思い出した。

——そろそろ出ないとまずいんだな。

抽送を速めて一気にスパートをかける。

「あうっ、いっ……いい……あ、あああんっ！」

美希は激しく首を振って身悶え、義和の力強いピストンに、尻を突き出して応えた。

「で、出るよ……いいか……」

「中はダメ……今日はダメなの、やめて……あああんっ」

射精欲の高まりを告げると、美希は必死に訴えつつ、なおも尻を押しつけてくる。切迫した義和は、スカートを捲って生尻を剝き出すと、ずんっずんっずんっと思いきり突いてからペニスを引き抜いた。

淫蜜まみれの肉竿にしごきをくれたとたん、強く撓って白濁液が飛び出した。

二度目とあってごくわずかな量だったが、突き上げる快感は目が眩むほど烈しかった。

5

快楽の余韻をゆっくり味わう暇もなく、二人は急いで後始末をして区民センターを後にした。

駅まで一緒に歩きながら、義和はそれとなく彼女の男性経験について聞き出した。すると、年齢なりの経験人数はあるようだが、どれも長続きしなかったらしく、実質的に経験は浅いということになる。

「わたしが感じにくいから、男の人にしてみれば面白くないんでしょうね」

義和は相手の気持ちがわかるので、何とも応えにくかった。

「痴漢されたら感じるんだから、一緒に満員電車に乗ったりはしなかった？」

美希はやや苦笑気味に首を振る。

「じゃあ、今度また一緒に乗ってみよう。来週は何曜日が早朝出勤？」

「そんなのダメよ。もう並木さんと偶然乗り合わせても、断固拒否するから」

素っ気ない返事が意外だった。理由を尋ねると、見ず知らずの男に触られるから昂奮するのであって、合意の上ではただ痴漢プレイになってしまってつまらないという。

「そういうものかなあ」

「よくネットで相手を募集して、気が合うと駅で待ち合わせて、混んだ電車を選んで乗るっていう話を聞くけど、それは邪道。たとえそのとき初めて会った人でも、合意して乗ったら緊張感もスリルもないから昂奮しないでしょ」

だから義和とたまたま同じ電車になっても、もう触らせないときっぱり言いきった。

痴漢ウェルカムな女が実際に目の前にいるのに、自分はもうノーチャンスになってしまった——落胆を隠せない義和だった。ヨガ教室に正式に申し込めば、別の愉しみがありそうな気はするが、それはいま口にすべきではないと思った。

「ひとつ、いいことを教えましょうか」

がっかりしているように見えたのだろう、元気づけるように美希が微笑んだ。

「混んだ電車で、このコはどうだろうっていう女性がいたら……」

義和の耳が急に大きくなった。

「揺れた瞬間、偶然のふりして軽く手を触れてみるのよ。それで体の向きを変えたり変な目で見たりしたら可能性はゼロだけど、もし俯いてしまったらかなりの確率でOKね」

「そういうものなのか」

義和は天の声を聞いている気がした。女性の言うことだから、それも痴漢が好きな美希の言葉だから間違いないだろう。

彼女の話によると、痴漢を待っている女にとって、軽くタッチするのは〝触ってもいいですか〟という問いかけで、俯くのは〝どうぞ〟の答えだという。

そういえば、電車で美希に硬くなった逸物を押しつけたとき、チラッと後ろを気にしたあとで彼女は俯いた。そのとき義和は、どういう気持ちでいるのか読めなくて迷ったが、あれは〝どうぞ続けてください〟という意味だったのだ。

「ただし、痴漢を捕まえてやろうと思ってそうする人もいるから、油断してると危ないわね。突然騒ぎだされたら、アウトだから」

痴漢に触られて俯いた女で、周囲をちょっと気にするようなら大丈夫だという。痴漢はOKでも、触られていることを周りの乗客に知られたくないのが女の心理なのだそうだ。

「これはいいことを教えてもらった」

嵐が去って、急に視界が開けたようだった。

浮かれた気分の義和を、美希は愉しそうに見つめている。

それにしても高校時代の同級生の父親に痴漢指南とは、どういう心境なのだろう。よくわからないが、いずれにしろ関係を持ってしまったのだから、娘に告げ口される心配はもうなくなった。

「女が感じてきたと思ったら、迷わずどんどん行くべきね」

駅が近くなって、美希の話はさらに熱がこもった。

痴漢を拒まない女もいろいろで、ここまではOKだがこれ以上は駄目というラインがある場合は多いという。

例えばスカートの上からならいいが、めくるのは駄目とか、下着には触らせても指は入れさせない、といったことらしい。だが、いったん感じはじめると、そういった意志も甘くなるから、もっと大胆に行ける。

「考える時間を与えないくらい、勢いよく突き進んだ方が女も昂奮するし、ダメだったこともよくなるものよ」

美希は感じていることを痴漢に気づかれる瞬間が最も恥ずかしく、昂奮してし

まうそうだ。そこで一気に過激なことをされると、

「もう、どうにでもしてっていう感じで、すぐにでもイキそうになっちゃう」

と言って、潤んだ遠い目になった。何か思い出して、秘処まで潤ませているのかもしれない。

それから間もなく駅に着くと、美希は買い物があるからと言って、駅ビルに入って行った。ぷりっとしたヒップがスカートを揺らすのを、義和はしばらく眺めていた。

すると、股間がむずっと疼いた。立ったまま背後から突き入れた快楽の余韻が、いまになって甦るようだった。

第五章　痴漢コンビネーション

1

軽い気持ちでヨガ教室の体験レッスンに参加した義和だったが、思わぬ収穫を得て望外の歓びにひたった。

レッスン中に美希の〝仕返し〟で昂奮させられただけでなく、久しぶりに女体の快楽をたっぷり味わうことができた。しかも相手は娘の元同級生、瑞々しい肉体の持ち主とあって、年齢を忘れるほど烈しい快楽を堪能したのだった。

帰りがけには、有益な情報を手に入れるというおまけまでついた。美希が教えてくれた、痴漢に遭ったときの女の心理は、男からすれば痴漢の心得と言うべきものだった。義和が最初のチャンスを自らふいにして、反省させられたことにも通じている。

彼女自身はもう義和の痴漢は受け容れないと明言したが、重要なことを教示してくれたおかげで、痴漢したい欲求はいっそう強くなった。

週明けの月曜日、義和はまた朝のホームに立っていた。初めてのヨガで体の節々が痛み、今朝もまだ残ってはいるが、それを上回る欲求に勝てなかったのだ。

前回と同じ時間帯を選んだことで、美希が立っていたあたりに自然と足が向いたが、予想していた通り、彼女の姿はなかった。

列の後方でさり気なくあたりを観察していると、義和の後ろに若い女性が並んだ。振り返って見るわけにはいかないが、二十代前半くらいの感じだった。

他にこれといって目ぼしい相手が見当たらないので、後ろの女を狙ってみることにした。

——乗ってからドアの方に向きを変えよう。

そうすれば女も乗ったドアの方を向くだろうから、背後から重なった体勢になる。そのまま満員になればチャンス到来というわけだ。

電車が来てドアが開くと、他の乗客が割り込まないよう、女がすぐ後ろについてくる気配に注意しながら、ゆっくり進んだ。

するると、うまい具合に女は背後について乗り込んでくる。途中で向きを変えると、やや丸みのある可愛らしい顔が目に入った。

だが、女は振り向いた義和を避けるように、車両の中ほどに向かった。

──逃げられた……。

すぐさま背後につこうかと思ったが、それでは明らかに不審な動きと受け取られる。

チャンスは一瞬にして消えた、というより最初からチャンスはなかったと考えるべきだろう。あの女は痴漢を警戒して中ほどへ行ったのだ。

義和の前には若いサラリーマンが乗ってきて、くるりと背を向けた。このまま混めば男とぴったりくっついてしまうので、少し横にずれる。

──次の駅で仕切り直しだな。

さしあたり一駅分が無駄になったが、それほど悔しくはなかった。まあ、こんなもんだろう、と諦めの早い自分がいる。ガツガツして気持ちに余裕がないと、いざ好機が訪れたときに失敗しやすいのではないか、とも思うのだ。

冷静にものを考えられるようになったのは、美希の教えを受けたことだけでなく、数年ぶりのセックスも大きく影響していた。女体の快楽を味わったことで、自身の欲望に余裕を持って向き合えるのだ。

義和はドアからあまり離れていないので、次に停まったらとりあえず降りてみようと考えた。

いったん降りて、ホームによさそうな女がいたら、もう一度乗ればいいし、いなければ後続の電車に乗り換えればいい。

それでも駄目なら、今日は運がなかったと諦めて、またのお愉しみにするだけだ。そうやって気楽に構えていれば、いずれ絶好の機会が訪れるだろう。とにかく焦らず待つことだ。

やがて次の駅に着いて、ドアが開いた。何人か降りる人がいて、それに続こうとしたところで、義和の目によく知る女の顔が飛び込んできた。

——……仲島！

先日、美希に痴漢して一緒に電車を降りたあと、ホームで声をかけてきた元部下の仲島佳緒理だった。

やっぱりあのときも同じドアから乗っていたのか、と思っているうちに降りるタイミングを逸した。

佳緒理は後ろの人に押されるようにして乗り込むと、すぐに背を向けてしまい、義和がいることに気づかなかった。

おかげでこっそり離れたり隠れたりしなくてすんだのだが、その時点で彼女を標的にしようと素早く気持ちが切り替わった。巧妙に立ち位置を変えて後退る乗客をかわし、彼女が自分の前に来るように仕向けたのだ。

佳緒理の背中が迫ると、しっかり受け留めた状態で一緒に奥へ押し込まれる。

——いいのか、部下だった彼女にこんなことして……。

しっかり重なったあとで、そんなことを思ったが、美希の言葉を思い出して、とりあえず様子をうかがってから決めることにした。佳緒理がＯＫでなければ、おとなくしていればいい。無理さえしなければ、わざわざ振り返って見られることはないはずだ。

彼女は美希に比べてやや背が低い。股間の逸物は、ヒップの中央に当たるのを避けて左にずらしておいた。最初はできるだけ腰を引いて、まだ逸物だと気づかれないようにしなければならない。

右手はヒップの中央付近にあって、微かにスカートに触れているが、尻にはぎりぎり届いていない状態だ。

電車が動きだすと、義和はゆっくり慎重に行動を開始した。引いていた腰をじわじわ戻して、股間を軽く触れさせた。

ほんの少し接触しただけで、ペニスに電流が走ったような痺れを感じた。甘やかな刺激で、むくっと血流の集まる兆しがあった。

佳緒理は細かい花柄のスカートにクリームイエローのシャツ、上に白いレースのボレロという出で立ちだ。

スカートはポリエステルと思われる素材で柔らかく、手の甲をしっかり押し当てたい衝動に駆られる。

——焦らないで、ほんの少し触れるだけにしないと……。

軽く触れて佳緒理の反応を見るつもりだったが、慎重を期すあまり、人差し指がスカートの下の尻肉を感じただけで、すぐ戻してしまった。やはり、手で触る最初の瞬間は緊張する。

あらためて触れようと思ったところで、佳緒理の頭が少し前に傾いた。

——ちょっと早くないか？

俯いたようだったが、佳緒理が痴漢と思ってサインを送るにしては、早い気がする。触れたといっても、かすった程度の接触なのだ。

確かめる意味でもう一度やってみる。手だとどうしても緊張するので、股間をもう少ししっかり、逸物だとわかるくらいに押しつけてみる。

まだ膨張しはじめたばかりでさほど硬くないから、駄目でも睨まれはしないだろう。しかし、ＯＫな女だったら、敏感に察知して反応を見せるに違いない。

片尻に股間をじわっとあてがうと、柔らかな肉に逸物が埋まった。心地よい圧迫感が広がって、肉棒はますます膨らんだ。

オフィスで立ち働く佳緒理の理知的な面立ちを思い浮かべると、昂ぶりが増してさらに気持ちよくなる。車両の振動に身を任せているだけで、すぐに芯が通りはじめた。

すると、佳緒理の俯く角度が深くなった。

――間違いない。これはＯＫだ！

優秀で仕事熱心な仲島佳緒理は、意外にも痴漢ウェルカムな女だった。衝撃と昂奮で武者震いがする。

義和は快哉を叫ぶと同時に、美希に感謝した。電車で彼女に触れないのは残念だが、おかげで可能性がぐんと開けた気がする。

ペニスが心地よく膨張するのを感じながら、右手で尻に触れる。もう緊張はすっかり解けたので、躊躇うことなくぴったりあてがった。

人差し指と親指が手首の近くまで触れて、柔らかな感触に奮い立った。そうしているだけで佳緒理の体温が伝わって、すぐにでも汗ばみそうな気配だ。

すると、ストッキングの感触がないことに気がついた。スカートを裾まで手繰れば中に指を入れられる。生下着に触れられるだけでなく、直に秘肉をいじり回すこともできるだろう。

だが、スカートの長さを憶えていない、というか、乗ってきたときにそこまで見えていたかどうかもわからない。

それでもこれだけのチャンスに遭遇したのだから、挑戦してみる価値は大いにある。義和は逸る気持ちを何とか抑えようと、ゆっくり深呼吸して電車の揺れに身を任せた。

小幅な振動がずっと続いていて、ペニスは妖しい弾力で揉まれている。手は触れたまま動かさなくても、尻を揉み回す結果になっていた。

佳緒理のボブヘアからわずかに頬が覗いて、早くもうっすら染まって見える。うなじは隠れて見えないが、かなり紅潮しているに違いない。

後ろの男が痴漢とわかって、昂ぶりが一気に加速したようだが、まさかそれがついこの間まで上司だった並木義和とは想像すらできないはずだ。

——思いきり気持ちよくさせてやる！

義和はますます気が大きくなった。佳緒理が感じまくって、濡れまくったら、最後に正体を明かしてもいいと思っている。

——とにかく、気持ちよくさせてしまえばこっちのものだ。

脳裡に美希の声が響いた。

『女が感じてきたと思ったら、迷わずどんどん行くべきね』

早くそこまで持ち込んで、あとは一気に突き進む。二駅分しか時間がないが、ただ触るだけでは終わらせたくない。

美希が告白したように、秘裂に指を入れたい、できることならイクまで感じさせたいという気持ちが強かった。

2

義和は迷うことなく手首を返し、手のひらで佳緒理の尻を包み込んだ。

円やかな柔肉を我がものにしたとたん、双臀がきゅっと引き締まった。ついに来た、という彼女の心の内が手に取るようで、思わずほくそ笑む。

そのとき、佳緒理の左前にいる中年男がチラッと後ろを気にした。彼女の反応を体に感じて、不審に思ったのだろう。

——あまり急いでもマズイのか……。

迷わずどんどん進むにしても、周囲の観察を怠ってはならないと気を引き締めた。絶好の獲物に違いないが、邪魔が入っては元も子もない。

そろりそろりと片尻を撫で回すと、ショーツのラインが触れて、ごく浅いデザインだとわかった。義和が若かった頃のビキニタイプとは、微妙に違っている感じがする。

少しずつ割れ目に侵入していって、小指が深いところまで入り込んだ。双臀にまた力が入ったが、さっきほどは強くなくて、前にいる男も特に気にする様子はなかった。

スカートはふんわり柔らかく、股の奥深くまで手が届くので、痴漢には持って来いだ。指先を揃えて割れ目の底をなぞると、二重になったクロッチの縫い目を越えたところで、佳緒理がひくっと反応する箇所を捉えた。

アヌスに違いないとわかり、少しの間いじり回して恥ずかしい思いをさせてやろうと考えた。ここが排泄器官だとわかっていることをアピールするように、一カ所を集中的に嬲るのだ。

すると、面白いように佳緒理の反応が変化した。腰をもぞもぞくねらせては、ときおり背中を強張らせる。義和の指を双臀で挟み込んだりもする。ただ羞恥にあえいでいるだけでなく、かなり感じている様子だ。おそらく秘処を潤ませているに違いない。

しばらくアヌスをいじってから、義和はスカートを手繰ってみることにした。いよいよ下着に直接触れると思うと、手が震えそうになる。緊張より昂奮が勝っている。

人差し指と中指で摘まんで手繰り、また摘まんで手繰りを何度か繰り返して、ようやく裾に指がかかった。義和が器用に手繰れなかっただけで、けっこうミニ丈かもしれない。

ついにやった、と思っている間もなく、あっさりショーツの端と生尻に触れた。平らな薄いゴムが柔らかな肉に食い込む、ちょうど境目だった。

ショーツの端をなぞりつつ、尻肉の弾力感を味わっていると、急に佳緒理の体が硬直した。

――そんなに恥ずかしいのか。でも、これくらいで終わると思ったら、大間違いだからな。

義和はじわじわと羞恥を煽るように指を奥へ這わせる。クロッチの縫い目を越えると、うっすら湿り気が感じられた。

ここでこの程度なら、ショーツの中はかなり濡れているに違いない。痴漢にそれを知られるのは恥ずかしいと美希は言っていた。秘裂をなぞってじっくり確めたら、いっそう羞恥を味わわせることができそうだ。

そう思ってさらに指を進めると、

――ん!? なんだ……。

指先が何か硬くて大きなものに触れた。その場にありえないものが急に出現した違和感で、思考が一瞬停止した。

その正体がわかると、今度は驚きで全身が強張った。

触れたのは何者かの指で、下着の中にあるということはつまり、佳緒理の秘裂を直に触っているのだ。

すぐさま彼女の左前に立っている中年男に目が行った。右前の男はスマホを手に持っているから、怪しいのは左の方だ。おそらく後ろ手に秘部を触っているのだろう。

さきほど佳緒理の双臀が引き締まったとき、その男がチラッと後ろを気にしたのは、自分の他にも痴漢がいるらしいと気づいたからに違いない。

義和がまず軽い接触を試みようと思ったときには、すでに触りはじめていたのだろう。彼女が俯いたのも、実は前の男に触られて反応したのだと思えば腑に落ちる。義和がやっていることとは微妙にずれていたからだ。

男の指がいまどういう状態にあるのか知りたくて、恐る恐るさぐってみると、肉壷に埋まっていることがわかった。

――先を越された！

義和の胸の中で、嫉妬と羨望が烈しく渦を巻いた。

だが、思い返してみると、佳緒理はその男に押されるように乗り込んだのではなかったか。

だとすれば、男がホームで彼女に狙いをつけて、巧妙に乗車時の位置取りを決めたことになる。義和はそのおこぼれに与《あずか》っているというわけだ。

男は挿入した指に義和が触れても、少しも動じる様子がなかった。平然と内壁をさぐっては、深々と突き入れたりしている。その指の動きとシンクロして、佳緒理は腰をくねらせ、太腿に力が入るのだ。やり慣れたベテランの痴漢であることは明白だった。

義和はショーツに触れたまま、中で男の指が動くさまを、羨む思いで傍観した。

――オレにもやらせてくれないかな……。

何度もやり慣れたベテランなら、少しの間でいいから交替してくれないかと思う。何しろこちらは初めてここまで経験できたのだ。せっかくのチャンスなので中途半端に終わらせたくない。

ショーツの上でただ指をうろうろさせていた義和は、せめて肉びらを直接いじるだけでもやってみたいと思った。ぬるぬるした佳緒理の秘肉に触れるだけでも、貴重な経験には違いない。

――別に邪魔するわけじゃないから、ちょっとだけ……。

クロッチの脇のゴムを潜って中指を侵入させたとたん、佳緒理の尻から肩までが強張った。後ろの痴漢も下着の中に入ってきたので、びっくりしたのだろう。今度は間違いなく自分の指に反応したのだと思うとうれしかった。

指先が湿った肉に触れた、と思ったら、男の指がぴたりと動きを止めた。邪魔者を警戒しているのだ。もちろん振り返りはしないが、背中を見れば様子をうかがう気配が伝わってくる。

義和は争う気がないことを示すため、男の指には触れないように注意して、その周辺をさぐった。

肉びらは外まで溢れた蜜でにゅるっと滑るが、充血して厚ぼったくなっているのが手触りでわかる。指を挿入されていることを差し引いても、かなり開いているように感じた。

——こんなに濡らしちゃって、仲島さん……。

やはり思いきって秘肉に触れて大正解だった。

べっとり濡れているだけでなく、肉びらの外側にざらつきが感じられる。アヌスのすぐ近くまで性毛が生えているのだ。黒い毛が花びらを囲む卑猥な光景を想像し、さらに企画会議で理路整然と意見を述べていた彼女を思い浮かべると、背筋がぞくぞくする。

会社では成績優秀で仕事熱心というイメージが定着しているが、実は痴漢を歓迎する女で、肛門付近まで毛を生やしている。それを義和だけが知っていて、しかも当の佳緒理は背後の痴漢が誰なのか気づいていない。淫らな秘密を独占していることが、これほど快楽に繋がるとは思わなかった。

ぬめってきた指で、肉びらの後ろにあるすぼまりに触れると、佳緒理の背中がびくっと震えた。ちょこちょこ掻き擦ると、尻肉が指を挟み込んだり、弛緩したりを繰り返す。

前の男も抜き挿しを再開したので、双方の刺激に翻弄されて、佳緒理の腰のくねりが強くなった。だが、二人でしっかりサンドイッチ状態にしておけば、周りにバレるほどではなさそうだ。

義和はベテランの痴漢と協力しあって佳緒理を攻めている気分になった。向こうも義和のことは敵視していないようで、蜜壷をほじくることに専念している。

すると突然、前の男が指を引き抜いた。次の停車駅までもう少しあるので、何か緊急事態かと思って義和の指も止まった。

3

——どうしたんだ、誰も気づいてないようだけど……。

素早く他の乗客に目をやって、異変がないことを確認すると、義和の頭の中に疑問だけが残った。何か重大なことを見落としてないか、もう一度念を入れてさらに広い範囲を観察してみたが、変わったところはなさそうだ。

するると、じっと動きを止めている中指のすぐ先に、ベテラン痴漢が指を抜いたあとの秘穴がぽっかり口を開けていることに気づいた。

――もしかして……譲ってくれた？

前の男の背中は何も答えないが、楽観的に解釈していいように思えた。義和がガツガツしないのを好感してくれた可能性はありそうだ。

それなら遠慮なく、とばかりに中指を差し入れる。

ぽつんと開いた蜜穴は、抜群のぬめりで迎えてくれた。やや厚味のある入口の肉の輪が、第一関節が潜り抜けたところで、しっかり受け留めるように締まった。奥では軟らかな内壁がぴったり指を包み込み、微妙に蠢いている。生き物が息づいているような、男をそそる感触だ。

初めて指入れまで経験して、気持ちが一気に舞い上がった。感触だけでいえばセックスの前戯と変わりないのに、電車の車内というだけでこうも昂奮させられるのだ。

ふいに肉の輪が収縮して、中指を締めつけた。

――い、いまのは……。

ただ挿入しただけなのに、締めつけは思いのほか強かった。前の男が何かやったに違いない。おそらくクリトリスをいじったのだろう。

義和も負けじと抽送を始めた。中の濡れた粘膜が妖しい蠢動を見せて、入口も断続的に収縮する。それぞれが別に動いたり、たまに同時になったりする。

義和の中指は第二関節が埋まるかどうかで、それ以上深く入れるには、右肩を下げなければならない。不自然な姿勢だとバレそうなので、浅い抽送しかできないのが惜しいところだ。

それに比べて前の男は十センチ近く身長が低い。かなり奥まで指が入るだろうと思うと、羨ましくて仕方なかった。

夢中になって抜き挿ししていると、前の男の指が触れた。気にしないで続けると、指先で軽くとんとんノックする。

今度こそ何かあったのかと慌てたが、素早く周囲をうかがうと、やはり何の異変も感じられないのだった。

男はノックをやめて、義和の指に触れたままになった。

それでようやく、交替を求める合図だとわかった。

――申し訳ない。つい夢中になってしまって……。

指を引き抜くと、待っていたように男が挿入した。

初めての指入れはあっという間だった気がするが、義和は満足していた。一度体験したことで気持ちに余裕が生まれ、譲ってくれた男に快く返すことができた。

次にチャンスが来たら、慌てず焦らず、それでいて確実にやれそうだという自信を持てた。

男に感謝する思いで、義和は再びアヌス嬲りにいそしんだ。放射状の菊皺をちょこちょこなぞり、ぐいっと押し込む真似をする。アヌスは締まったり緩んだりするので、タイミングを計れば本当に入れられそうな気もした。

痴漢が前と後ろで二本刺しにしたら、佳緒理はどうだろう、羞恥と快感のダブルショックで立っていられないのではないか――そんなことを想像しながら、すぼまりをいじり回していると、間もなく停車駅に近づいた。

ホームが見えてくると、前の男はどうやら指を抜いて下着を整えてやっているようだった。

――次で降りるのか？

もしそうなら、終点まで佳緒理を独り占めできる。ひと駅前は降りる人は少なくて、乗ってくる人でぎゅう詰めになるから、このまま挿入していても平気そうな気がする。

だが、もし降りない場合を考えると、ここは手慣れた痴漢がやることに倣《なら》うべきだと思い、義和も下着から指を抜き、乱れを直してやった。

いずれにしても、乗り降りが終わったら、すぐ再開すればいいだけのことだ。

停車してドアが開くと、前の男は降りる人がいないか左右をうかがうだけで、自分は降りなかった。そして、数人が降りて密着が緩んだところで、車両の中ほどに進もうとしたが、混んでいて無理そうだと諦めた。

どうして佳緒理を途中で手放して中へ行こうとしたのか、義和は理解に苦しんだ。奥にもっとおいしそうな獲物を発見したので、この女は後ろの奴に譲ってやろうというのか——だが、その考えは根本から違っていた。

移動を諦めた男は、車両の中ほどを向いたままでいたが、乗ってくる人でぎゅう詰めになる直前にこちらを向いた。

佳緒理と正面から向き合う体勢になって、後ろからぐいぐい押し込まれる。

義和も彼女を挟んだ状態で密着する。塊りになった乗客に揉まれながら、いったん離したスカートを懸命に手繰って手を入れる。

内腿の柔らかな肉と下着の手触りを感じたとき、こちらを向いた男の手がすでに侵入していた。

見事な早業に舌を巻いたのはもちろんのこと、不自然さを微塵も感じさせずに佳緒理と向かい合わせになった、巧妙なやり方に感心するばかりだ。

——さすがとしか言いようがないな。

男の顔は、佳緒理と向かい合って押し込まれる直前にはっきり見えたが、白髪混じりでいかにも温厚そうだった。とてもこの人が痴漢をするとは思えない、紳士然とした風貌だ。年齢は義和よりやや下かもしれない。

これで車内は完全に寿司詰め状態だ。佳緒理をがっちり挟み込んで、前と後ろから手が入っている。

密着しすぎているから、義和の頬が佳緒理のボブヘアに触れてこそばゆい。だが、それもたまらなく昂奮させられる。

ちょっと顔の向きを変えるだけで、鼻もくちびるも髪に埋まった。これだけ接近すると、シャンプーの香りに混じって、微かに頭皮の匂いもする。朝、髪を洗ったばかりだろうに、深く息を吸うと汗と脂の匂いを嗅ぐことができた。

重なった佳緒理の体は柔らかく、温もりがじんわり伝わってくる。強張った逸物が、斜め横から片尻に押し当たって気持ちいい。

ぎゅう詰め状態で正面から押しつけたらかえって痛そうだが、この体勢ならベストと言える。秘処をさぐりながら、円やかな尻肉をたっぷり堪能できるのだ。

一方、前の男は腕でバストのボリュームを感じているのだろう。美希や絵梨ほどとはいかないが、魅力的な双丘がレースのボレロを押し上げているはずだ。

あるいは、さっきまで後ろ手で秘処をいじりながら、肘で存分に揉みまくっていたかもしれない。手慣れた痴漢なら、それくらいは容易だろう。

超満員でドアがなかなか閉まらないので、発車まで少し間ができている。身動きひとつできず、苦しそうに呻く声も洩れる中、佳緒理の秘部に侵入した二人の指が早くも蠢きだした。

義和はさっきと同じくクロッチの脇のゴムを潜ったが、男は堂々と浅いウエストから押し入ったようだ。密生する秘毛の全貌を捉えているのかと思うと、羨ましい限りだ。

濡れた秘裂はうっすら口を開いて、厚ぼったい肉びらがはみ出していた。ぬめったびらびらを弄ぶ二人の指が何度もぶつかるが、争うことなく平和的に花園を蹂躙していく。

停まった電車の中でこうしていじり回すのは、いかにも猥褻行為という感じが強い。人身事故などで長く停車しているときなら、さぞかし昂奮させられることだろう。

佳緒理は体から力が抜けたようになっているが、超満員で二人がしっかりサンドしているから、へたり込む心配はない。

顔はすっかり俯いてしまっている。周りから見れば、ぎゅう詰めで気分が悪くなったようでもあるが、いちいちそんなことを気遣う人はいない。

義和は余裕を感じるとともに、謙虚な気持ちになっていた。指入れはまず前の男からと考えて、びらびらとアヌスをいじり回している。また頃合いを見て譲ってくれるとわかっているからだ。

4

男が満を持したように指を突き入れると、ようやく電車が動きだした。満員の乗客全体が塊りになってゆらぎ、その中で抜き挿しが始まった。

義和は菊皺を揉みあやしながら、股間をぐりぐり押しつける。すでに強く圧迫されているので、揺れに合わせて下から上に律動させる感じだ。そうすると大きく張った亀頭が気持ちよく擦れる。

脱力しきった佳緒理の腰が、ひくっ、ひくっと震えはじめた。男の抜き挿しと義和のアヌス嬲りの両方に反応しているようだ。

しばらくすると、男の指が秘穴から退いた。すかさず義和が入れようとすると、それを阻むように蜜穴の入口が締まった。クリトリスをいじられたに違いない。かまわず中指を突き入れると、きゅきゅっと搾るように収縮する。

——ああ、チ○ポを入れたい！

中指の第二関節でさえこの緊縮感だから、ペニスを挿入したらどれだけ気持ちいいことか。想像するだけで、むずむず疼いてしまう。

だが、想像で終わらせることもないのか、という考えがふと浮かんだ。最後には正体を明かしてもかまわないと思っているので、そのままホテルに連れ込んでしまえばいいのだ。

そのためにも、とにかく頑張ってイカせてしまうことだ。電車内でアクメを味わわせてやれば、あとはどうにでもなりそうだ。

前の男もその手で来ると考えられなくもないが、こちらが元々知り合いだとわかれば、遠慮してくれるに違いない。

こんな簡単なことにどうしていままで思い至らなかったのか、義和は俄然色めき立って指を使いはじめた。

さっきは抜き挿しだけだったが、深くは無理なので、入ってすぐのところでぐるぐる円を描いてみる。

大きく擦り回すと軟らかな粘膜がよじれ、中の蜜を掻き出すことになった。肉びらも義和の指も、夥《おびただ》しい蜜にまみれてしまう。

下着はもうかなり湿っているはずなので、降りる頃にはべとべとじゃないかと、こちらが心配になるくらいだ。

譲ってくれた男も前から攻め続けているらしい。佳緒理の腰は断続的に震え、そのたびにペニスに甘い波動を送り込んでくる。ときおり、びくんっと強く撓って、快感がどれだけ高まっているのかがわかった。

それでも二人で強く挟み込んでいるせいか、横の乗客にはさほど伝わっていないようで助かった。

真面目で優秀な佳緒理が感じまくっている様子は、たまらなくエロチックだ。できることならどんな表情なのか見てみたい。

――それも降りるときには見られるな。

きっと蕩けた目をしているに違いない。義和はほくそ笑んで、また彼女の髪に鼻先を埋めた。

深く息を吸い込むと、気のせいか頭皮の匂いがさっきより濃くなっている。なまなましい匂いにぞくっとさせられ、お返しに耳の裏に熱い息をゆっくり吐きかけてやった。

佳緒理は俯いたままだが、気持ちよさそうに肩を竦《すく》めた。耳元でいやらしいことを囁かれた美希の告白を思い出したが、それをやるのはまだ早い、終点に着いてからだと思い留まった。

そのうちに男の指が触れたので、すんなり引き下がる。スムーズな交替でますます連帯感が強まる気がした。

終点まであと二分くらいだろうか。最後は男がイカせるつもりだろうと思い、義和は肛門嬲りで後方支援に専念する。

案の定、抜き挿しはいきなり激しかった。

といっても、指だけを小刻みに振動させて、手のひらがほとんど動いていない様子が義和にもわかる。だから周囲にバレる心配はまったくない。やはり手慣れた熟練の技と言わざるをえない。

義和は指に付着した蜜を拭うようにアヌスに擦りつけた。ついでに菊皺をこじって広げると、それはダメと言わんばかりにすぼまった。

佳緒理の太腿は、閉じたり緩まったりを繰り返している。もうすぐ終点だ。そろそろアクメが近いのか、と思ったところで男の指が止まり、肉壺からすっと抜け出ていく。

――えっ、オレに？

ラストを譲ってくれるのかと歓んだ義和は、ちゃんとイカせられるか不安を感じながらも、迷わず突き入れる。

まだ口を開けている秘穴に中指を潜らせると、それを追いかけて男の指も入ってきた。

――に、二本同時に!?

ぬめった肉の輪をこじ開けて、二人の指が貫通する。

義和は思わぬ展開に驚いたが、抜き挿しが始まると釣られるように指を使った。他人と一緒の抜き挿しは難しいが、男に合わせると思いのほか巧く行った。

佳緒理はさざ波のように何度も収縮を繰り返し、中の粘膜も引き攣るように蠢動する。これまでと明らかに違う反応で、烈しい羞恥と快感に襲われているに違いない。

ただ、男の指はわりと深く入っているようだが、こちらは浅い挿入に留まっていて、一緒に抽送してもちぐはぐな感じがしてならない。

そこで義和は、関節を曲げて入口付近を掻き擦ってみた。とたんに緊縮が強まって、腰のくねりも大きくなった。

――これか……これがいいんだな！

勢いづいて擦りまくっていると、終点のアナウンスが流れ、男の小刻みな抜き挿しが速まった。義和も抉るように荒々しく掻き擦る。

佳緒理の腰がびくっ、びくっと震え、ちょうどホームが見えたところで硬直したままになった。

――イッたな！

前の男と同時に指が止まった。

秘孔が立て続けに引き攣り、二本の指を搾り出そうとする。ぬめった粘膜も妖しい蠢動を繰り返し、いつ終わるとも知れない。

淫靡な反応をずっと味わっていたいが、電車は間もなく停まろうとしている。

男が指を引き抜くのに合わせ、義和も抜け出した。

名残を惜しんでいる間もなく、何とか下着を整えてやろうとするが、寿司詰め状態ではなかなか難しい。男も諦めたようだ。

もうすぐ停車、というところで、放心状態にある佳緒理の耳元で囁いた。

「イッちゃったね、仲島さん」

佳緒理が弾かれたように振り向いて目を瞠《みは》った。濡れた瞳に狼狽の色が浮かんでいる。

近くの乗客が訝しげに見たが、ドアが開くと何もなかったように降りていく。

男も不思議そうな顔で見ていたが、何も言わずにドアに向かった。

義和は佳緒理の尻肉をぐいと摑んで、さあ降りるよ、と言うように押した。

彼女の強張った背中をぴったり追いながら、他の人に気づかれないように、スカートの乱れを素早く直してやった。

5

ホームに降りると、男がもう一度こちらを気にして見たが、すぐに人の流れに埋もれてしまった。

佳緒理は目が泳いでいて落ち着かない。だが、表情は官能の名残を留め、うっすら開いたくちびるが、まだあえぎ続けているように見える。

「今日は会社を休みなさい」

上司の口調で言うと、佳緒理は何も答えず、頷きもしないが、拒むことなくつき従いそうな雰囲気だ。

早足で歩く群集を横目に、義和は彼女を連れてのんびり改札に向かった。駅を出てしばらく行けば、ホテルがいくつか集まっているので、そのあたりに目星をつけた。

佳緒理はずっと黙ってついて来た。相変わらず酔ったみたいに蕩けた顔をしている。これが現実とは思えなくて、夢の中にいる気分かもしれない。少し歩きづらそうに見えるのは、ショーツの乱れを直してやれなかったせいだろう。

ホテルにチェックインしてもまだ無言だったが、部屋に入って会社に連絡を入れるように言うと、ベッドに腰を下ろし、意外にも普通に話しはじめた。

「もしもし、仲島ですけど……おはようございます」

ただ、少し声が小さい。

「すみません。体調が悪いので、今日は休ませていただきたいんですけど……はい……起きたときからちょっとめまいがしてて……」

作り話がすらすら出るのに感心した。声に元気がなくて、本当に具合が悪そうに聞こえる。だが、しゃべりがやや間延びするのは演技というより、アクメがまだ余韻を引いているからに違いない。

——本気でイッたみたいだったからな……。

腰を震わせてアクメに達したのを思い返すとむらむらしてくる。びくっと震えた感触が、いまも下腹とペニスに残っているのだ。

義和は電話している佳緒理の前に跪《ひざまず》くと、スカートの中に手を入れてショーツを摑んだ。

「なんとか駅までは行ったんですけど、やっぱり無理そうなので、帰ってきたんです……ええ、それは大丈夫です……」

彼女は話を続けながら、腰を浮かせて脱がせやすくした。

電話の相手は、まさかこんなことをしているとは想像だにしない。

ショーツを足から抜き取り、膝を摑んで両脚を大きく開かせた。

——おおっ！

思わず声が出そうになるのを、かろうじて呑み込んだ。

佳緒理の濡れた肉びらが、薄紅色の粘膜を晒してぱっくり開いている。下着が吸いきれなかった蜜はかなり白濁して、二人の指使いの激しさと、彼女の快楽の高まりを表していた。

円やかな丘に密生した秘毛がその両脇に延びて、アヌスの近くまで達している。淫らでなまなましい光景は、理知的な佳緒理からはなかなか想像できない。

それもスカートを穿いたまま、というより通勤時の服装そのままで、あられもなく秘処を晒しているのだから、猥褻の極致と言うほかはない。

佳緒理は電話を切っても大きく脚を広げたまま、閉じようともしない。蕩けるまなざしを宙に彷徨《さまよ》わせているが、視姦する義和の目を意識して、あえぎ顔になっている。

「いやらしいね、仲島さん。ビラビラがこんなに開いちゃって、まだなにか入れてほしそうじゃないか」

美希の耳元でいやらしく囁くと、それに応えるように、肉びらがひくっと蠢いた。佳緒理は頬を紅潮させ、くちびるをあえがせるばかりだ。

よく見ると、ぽつんと開いた秘孔の奥から、新たな蜜が入口付近まで湧き出している。

すぐにでもペニスを突き入れたいところだが、ふと先日の区民センターのことが脳裡に浮かんだ。

あのときは美希を着衣のままにして交わった。自分もズボンを脱がずに挿入すればよかったのにと、途中で思いついたが、わざわざ穿き直していられないほど昂ぶっていたので断念した。

——今日はこのまま入れてみよう。

幸運なことに、そのチャンスがこんなに早く訪れた。しかも、指入れ痴漢初体験の直後にだ。

義和は目の前に立ってジッパーを下げると、ペニスを摑み出して佳緒理に見せつけた。

いったん車内で怒張した肉棒は、五分勃ちになってもまだ太さを保っている。

両手を腰に当てて仁王立ちになると、佳緒理は酔いが醒めやらないといった顔つきなのに、瞳を輝かせた。

「好きなようにしていいよ。さっきみたいに硬く立たせたら、入れてあげよう」

「本当ですか」

「もちろんだとも」

佳緒理は媚びる目になってベッドから降りると、跪いて肉竿に手を伸ばした。根元を軽く握って、亀頭を間近で見つめたかと思うと、ピンクの舌を出して裏筋をちろりと舐める。

甘美な微電流が竿から下腹に広がった。ぴくりと脈を打つ手応えに、佳緒理は口元を緩めて義和を見上げた。妖艶な微笑が意外と似合っていて、普段の知的な顔立ちとのギャップにそそられる。

好きにしていいんだと、もう一度言おうとしたが、うわずって声にならない。

佳緒理は何度かちろちろ舐めてから、おもむろに咥え込んだ。

「……ううっ！」

微細な舌のざらつきが裏筋を滑って深いところに達すると、心地よい痺れが強まって思わず呻き声が洩れた。

佳緒理は雁首が現れるところまでゆっくり戻って、また深々と咥え込む。引くときはゆっくり、深く咥えるときはズバッと思いきりがいい。リズミカルな口淫によって、ペニスはみるみる硬くいきり立った。

勃起させたら入れてあげると言われたからか、佳緒理はくちびるを唾液まみれにして、自信たっぷりの媚笑で義和を見上げた。

「こんなにおしゃぶりが巧いとは思わなかったな。いやぁ、気持ちいいよ」

「並木さんも、こんなに元気だなんて、信じられません」

硬さと反りを確認するように軽くしごく、その握り加減が、ずいぶん慣れているように感じられた。すっかり女の顔になって声音も艶っぽいのに、言葉遣いだけ部下のままでいるのが、かえって淫靡な匂いを濃くする。

「きみが元気にしてくれたんじゃないか。さあ、入れるよ」

ズボンからペニスだけ突き出したままベッドに促すと、佳緒理は羽織っているレースのボレロを脱ごうとする。

「いや、脱がないで、そのままがいいんだ。シャツが皺になるかもしれないけど、服を着たままでいてくれ」

佳緒理は訝しむこともなく、素直に従った。もう一度ベッドに座らせ、脚を広げさせると、膝立ちになってペニスをあてがった。

「電車でもホントは指より、これがほしかったんじゃないのか」

佳緒理は両手を後ろについて頷くと、浅く座り直して股間を迫り出した。

鈴口を秘孔に擦りつけると、新たに湧いた蜜がまぶされて滑りがよくなる。

ちょっと押すだけでぬるりと潜り込むのを、途中で止めた。

戻して秘孔を擦り、少し入れかけてはまた戻してを何度か繰り返し、佳緒理に気を持たせる。

「そんないじわるしないで……は、早く……」

「まあ、そう焦らないで。いま入れてあげるから」

義和も早く突き入れたいのだが、そうやって自身をも焦らすことで、よりいっそう昂ぶってくる。着衣のまま秘孔に亀頭を突き立てた光景にも、大いにそそられる。

雁首が埋まるくらいまで入れておきながらやめようとすると、佳緒理はとうとう我慢できなくなったようで、ぐいと腰を突き出して、自分から亀頭を迎え入れた。

ぬめっとした心地よい摩擦感に包まれて、義和も止まらずそのまま奥へと突き入れた。

「あっ……ああんっ！」

佳緒理がボブヘアを揺らして仰け反った。両腕で彼女をしっかり抱きしめて、奥に突き当たるまで腰を押しつける。淡いフローラルな香りが鼻腔をくすぐった。

「おお、締めてる締めてる……気持ちいいぞ」

「いやあ……あああん……」

秘孔が強く収縮してペニスを逃がすまいとする。中では軟らかな粘膜がぴったり吸着して、これも奥へ引き込もうと蠕動している。義和はゆっくり大きく抽送して、卑猥な肉壺の動きを堪能した。

やはり二人とも着衣のままで交わるのは素晴らしかった。屋外で抱擁しているのと変わりないのに、濡れた肉で繋がっていることで、淫猥な空気がより濃厚になる。相手が佳緒理なので、社内で慌ただしく淫交に耽っている雰囲気でもあった。

仰け反った佳緒理のうなじにくちびるを当て、舌先でなぞって汗の塩気を舐め取った。さらに耳の付け根から耳の穴へと這い進み、熱い息を吐きかけると、ペニスはさらに気持ちよく締めつけられた。

「いやらしいな、こんなに締めてる。自分でも感じる?」

「……ええ、それは……いや、恥ずかしい」

いやいやをする佳緒理のくちびるを奪い、舌を差し入れた。あえぎながら彼女は薄い舌で応える。さきほどペニスをしゃぶったばかりの舌は、情熱的にからみついて唾液の海で戯れた。

さらに右手をバストに伸ばし、シャツの上から揉みあやすと、こんもりした柔肉が手からはみ出して弾む。頂上あたりを指先で擦ると、ブラをしていても何となく硬い突起に触れるようだった。

「さっきみたいにしてみようか」

義和はいったんペニスを引き抜くと、佳緒理を後ろ向きにさせた。彼女がベッドに手をつくと、スカートを捲ってバックから一気に突き入れた。

「あううっ！」

背中を反らせて佳緒理が甲高いあえぎ声を上げた。捲ったスカートを放せば、生尻をすっぽり隠してくれる。先日、美希と立位で交わったのと似ているが、義和もきちんとズボンを穿いているので、正真正銘の着衣セックスだ。猥褻感は何倍も強くなっている。

「どうだ、電車の中でやってる感じがしないか」

「……いやっ、ああ……んっ……んっ……」

佳緒理はあえぎながら、髪を揺らして何度も頷いた。

彼女の手をベッドから離して上体を起こさせると、膝立ちではあるが、まさに臨場感たっぷりの擬似車内セックスだった。

膝立ちで不安定な分だけ、腰使いが小さくソフトになるのはやむをえない。だが、小刻みな律動は、かえって電車に揺られているようなリアリティを高めてくれる。

すっかりその気になって、スカートの上から両手で尻の外半分を撫でさすると、佳緒理はしだいに髪を振り乱して悶えはじめた。

「ち、痴漢さんに、されてるみたい……ああ、だめ……おかしくなりそう……」

「痴漢さんだって？　気持ちよくしてくれる相手だから〝さん付け〟なのか。いかにもきみらしいな。こんなにエロい女だとは思わなかったよ」

「そ、そんなこと、言わないでください……ああ、いやぁ……」

佳緒理も本気で痴漢に挿入された気分にひたっているのだろう。

義和は両手を前に回して、バストを鷲摑みにした。やわやわと揉みながら、耳元に囁きかける。

「痴漢にこんなふうに揉まれたことは？」

あえいでいた佳緒理が、ふと息を止めた、と思うと激しく首を振った。

「あるのか!?」

自分で訊いておきながら、やられたことがあるらしいとわかって驚いた。こんなあからさまなことも車内で可能なのかと、認識をあらたにする。指入れで痴漢の醍醐味を知ったつもりでいたが、まだまだ奥が深いようだ。

——今度は佳緒理に気づかれないようにして、同じ駅から一緒に乗り込んでみようか。

美希の進言に従って、了解済みの痴漢プレイではなく、こっそり忍び寄って気づかれずに触ってやるのも面白そうだ。見ず知らずの痴漢と思いこんだ佳緒理が、いったいどんな反応を見せるのか、考えただけでもぞくぞくする。

想像を逞しくするほどに快感は高まり、射精欲が兆した。最後は勢いよく出しきるつもりで、佳緒理をベッドに腹這いにさせると、細い腰を摑み、深く激しい抽送でスパートをかけた。

「イ……イクぞ……」

「来て来て……いっぱい出してください……ああ、イッ……イッ……」

佳緒理の中で肉竿が力強く撓る。濡れた肉に亀頭を何度も抉り込み、快楽の高みへ一気に駆け上がる。

「おおお、いまだ……イクぞ……イクぞっ！」

「あああっ、イッ……クゥーッ！」

佳緒理は語尾を細く絞って、甲高いよがり声でアクメを告げる。卑猥な収縮が立て続けて起きて、最後はペニスを搾るように引き攣った。

なおも猛然と抉り続けると、白い閃光とともに快感が背骨を貫いて、下腹の底から熱い砲弾が弾け飛んだ。

荒い息のまま佳緒理の背中に重なって、ゆっくり引いていく快楽の余韻を味わう。彼女の息とシンクロしたり分かれたりするのを、心地よい気怠さの中で聞いていた。

第六章　肌理細かな尻に指

1

佳緒理と一戦交えたあとで、あらためて裸になってベッドに入った義和だったが、どういうわけか着衣で臨んだセックスほど燃えるものはなかった。

やはり体力的に二回は難しいのか、あるいはすでに電車で強烈な体験をしていたことが影響したのか、いずれにしろ結果は中途半端なものだった。彼女の協力を得て何とか挿入を果たしたものの、中折れで終わってしまった。

それでも義和は、少しも残念に思うことがなかった。こっそり佳緒理に痴漢を仕掛けるアイデアに、心躍らせていたからだ。

一度気づかれて失敗すると、たぶん再チャレンジする意味はなくなるので、巧妙にやらなければいけない。それだけに挑みがいがあるし、彼女がどう反応するか想像するだけで気持ちが奮い立つのだった。

翌日、昂奮冷めやらぬうちに、沙知絵が訪ねてきた。

ヨガ教室の感想を訊かれた義和は、とにかく体が硬いのを思い知らされて大変だったと答え、でも面白かったよと付け加えた。みんな最初はしんどいけどすぐに慣れるらしい、ということも話した。

「高塚さんは、なにか言ってたかい」

美希とは秘密を共有する間柄なので、娘に何をどう話したかが気になる。だが、一所懸命やっていた、という程度のことしか沙知絵は聞いていないようだった。

「続けてみようとか、思ってる？」

「どうしようかな。まあ、隔週だったらやれなくもないけどね」

美希と関係を持ったことで、いろいろ考えるところがあった。

朝の電車については、また乗り合わせても無駄だと釘を刺されたし、佳緒理という絶好の相手が見つかったこともあって、美希にこれ以上の期待を抱くことはないが、痴漢と切り離したところで、新たな欲望の火が燻りはじめていた。

だが、ヨガ教室に参加することが得策なのか、それとも彼女と会う機会を別にさがした方がいいのかは、まだよくわからなかった。

するとは沙知絵は、

「無理せずにやれるなら、いいんじゃない」

意外に素っ気ない言い方で、前みたいに積極的に勧めようとしないのはどうも妙だった。

美希が不用意なことをしゃべったとも思えないが、娘なりに何か敏感に察知した可能性はあるかもしれない。いずれにしても、下手に詮索するのはかえってよくない、ということは承知していた。

ヨガで隣り合った日下部絵梨と再会したのは、その週の土曜だった。

散歩がてらに駅前まで出て、書店でも覗いてみようかとショッピングモールに立ち寄ると、入ってすぐのカフェに絵梨がいた。小さな子供を連れていた。

熟女の色香を感じていながら、子供がいる可能性は少しも考えなかったが、こうして見るとやはり母親の顔をしていて、先週の印象とはずいぶん違っていた。

店の前に立っている義和に彼女も気がついて、軽く会釈した。何か言いたそうにずっと見ているので、ちょっと挨拶程度の話をしようと思って店に入った。

「こんにちは」

「この前はどうも、お世話になりました」

横でアイスクリームを食べている子供に目をやると、二歳半の息子で、名前は〝すずしい〟の涼《りょう》だと教えてくれた。

椅子にちょこんと座って、小さな口にスプーンを運ぶ様子が可愛らしい。義和と目が合うと、恥ずかしそうに母親に寄りかかるが、顔はにこにこしている。

絵梨に促されて〝こんにちは〟と言ってくれたので、義和もやさしい小父さんと思われるように、にこやかに言葉をかけた。

長居するつもりはなかったが、立ったままというのも妙なので、義和はとりあえず腰を下ろした。

「いかがでした、ヨガ教室」

「次の日が大変でした、体の節々が痛くて。まあ、なんとか治まったけど」

「わたしも最初はそうでした。でも、すぐ慣れますよ」

絵梨は先週と同じことを言って、柔和な笑みを浮かべた。

今日はライトベージュのゆったりしたワンピースを着ている。ノースリーブで胸元も大きく開いて涼しげだが、豊かな双丘の麓《ふもと》が露わになって、ちょっと屈めば谷間の奥まで覗けそうだ。

涼とのツーショットはいかにも母親らしいが、あらためて単体で見ればかなりセクシーな熟女だ。先週のTシャツとスウェット姿でもバストやヒップが際立って見えたが、それよりさらに女らしくなった絵梨が目の前にいた。

義和はちょっと腰を落ち着けたくなって、自分も飲み物を買ってこようかと考えた。

「続けて来られるんですか」

「それねえ、どうしようかと思って……」

ちょっと腰を浮かせかけたところで、絵梨がさらに話を続けた。

娘に訊かれたときは美希のことしか考えていなかったが、教室に通えばこの人とまた一緒なのだ、と思った。とはいえ、子持ちの人妻では邪なことを期待するわけにもいかないだろう。

「並木さんは、どんなお仕事をされてるんですか」

「実は先月退職したばかりでして、充電というと聞こえはいいけど、しばらくはノンビリブラブラ、ですね」

「だったらお時間、たっぷりあるじゃないですか。一緒にやりましょうよ」

親しみのこもった目をして言うので、つい頷きそうになった。先週、ほんの少し言葉を交わしただけなのに、そんなふうに誘われると、彼女と近しい間柄であるかのように錯覚してしまう。

曖昧に笑って応えないでいたが、横で勃起に見入っていた艶っぽい表情が思い浮かんで、下腹の奥がむずっとした。

――でも、子持ちの人妻なんだよな。

どうもそちらに思考が偏《かたよ》りがちだが、今日は熟れざかりの色香をいっそう感じさせるので仕方がない。

この女は旦那とどんなセックスをしているのだろう――ふとそんなことを考えた。盛り上がった股間をこっそり盗み見ていた様子からすると、ペニスに濃厚な愛撫を施しているイメージが浮かぶ。

「今日はご主人はお仕事ですか」

「いま、いないんです。単身赴任で大阪」

昨春、大阪に転勤になったが、絵梨はまだ小さい息子を連れて引っ越すのが不安で、こちらに留まったらしい。夫の仕事は忙しく、月に一度帰ってくる程度だという。

「それじゃ寂しいですね」

「でも、もう慣れました」

絵梨がほんのり頬を染めるので、〝寂しい〟をどういう意味に取ったのかがわかった。月に一度帰るだけでは夫婦の夜も限られてしまう。勃起に見入った表情がまた浮かぶと、美希に〝大きい〟と言われたことが脳裡をよぎった。

──この人もそう思って見ていたのか？

子育てに追われ、月に一度の夜さえままならないとしたら、鬱積したものがあるに違いない。そんな人妻と近しくなれるならヨガ教室に通うのも愉しいだろうと、不純な動機に心が動く。

義和は教室に参加することを、本気で考えてみようかという気になっていた。

「ヨガに行くときは、お子さんは？」

「主人の実家が近くなので、預かってもらってます。孫と遊ぶのが愉しいみたいだから、遠慮しなくていいって言ってくれて、助かってます」

「じゃあ……自分の時間が作れていいですね」

その気になればけっこう遊べるじゃないか、と思いつつ、言葉を選んで言った。

「ヨガ教室、もし正式に申し込むことになったら、そのときはまたよろしく」

「はい。是非いらしてください」

絵梨は息子がアイスクリームを食べ終わると、ティッシュで口の周りを拭いてやった。この柔和な母親と、義和の勃起を盗み見ていた女を頭の中で並べてみて、そのギャップに密かな昂ぶりを覚えた。

「これから、この子と花火大会に行くんです」

「ああ、そういえば今日でしたね」

数日前、テレビの情報番組で花火大会について紹介していたのを思い出した。同じ番組かもしれないが、絵梨は息子がテレビに映った花火を食い入るように見ていたので、連れて行くことにしたのだという。

「花火なんて何年見てないだろう。それこそ、娘が小さいときに連れて行ったのが最後かもしれない」

ずっと仕事に追われて、夏の風情を愉しむ余裕もなかったことに、義和はあらためて気づかされた。いまは時間があり余っているので、何か情緒的な遊びでも見つけられたらいいと思う。

「もしお暇だったら、これから一緒にいかがですか」

――えっ、オレも一緒に花火？

と自身を指差すと、絵梨はふんわり微笑んで頷いた。意味がわかっているのかどうか、横の涼も母親の微笑につられてにこにこしている。

妙なことになったが、成り行きに任せてみても面白そうな気がした。

「それじゃあ、せっかくだからお邪魔させてもらおうかな」

義和は結局、飲み物も注文しないまま、絵梨たちのトレイを片づけてやって一緒に店を出た。

2

ベビーバギーに息子を乗せた絵梨と並んで歩くと、周りからは娘と孫を連れているように見えるだろう。

沙知絵とこんなふうに連れ立って出かける日も遠くないと思うが、相手が絵梨なので、ほのぼのした気分とはずいぶんかけ離れている。並んで歩いているだけで気持ちが昂ぶってくるのだ。

しかも、ゆったりした絵梨のワンピースは、外を歩くと思いのほか悩殺的だった。一見すると、体の線をすっぽり覆ってセクシーでも何でもないが、生地がかなり薄くて柔らかいらしく、微かな風でも体に貼りついて、優美なボディラインをくっきり浮かび上がらせるのだ。

風が当たる向きによって、浮き彫りになる部分がその都度変わる。くびれた腰からヒップのカーブや、むにっと盛り上がる横乳のボリューム感など、次はどのへんかと、隣でさり気なく目を向けてしまう。

とりわけ正面から当たった場合、下腹にYの形がくっきり浮かび上がる。なだらかな腹部を中心に、左右の腰骨と秘丘の盛り上がりが卑猥な三角形を形作って、何とも言えずエロチックなのだ。

すると、前から歩いて来る男たちの視線が絵梨の股間に吸い寄せられる。目が釘付けになる男もいれば、すれ違いざまにチラッと見る者もいてさまざまだが、みな得したように口元を緩めるのは同じだった。

もっとも、絵梨自身はそれほどとは思っていないようで、ゆったりして涼しい夏のファッションのひとつに過ぎないのかもしれない。

義和は彼女の艶やかな姿態を誰にも見せずに独り占めしたかった。その一方で、絵梨が行き交う男たちの目に気づいたら面白いのに、とも思った。体を這う視線をどう感じるのか、その様子を見てみたかった。

駅のエレベーターでホームに上がると、浴衣を着た若い女性やカップルがちらほら見えた。みな目的地は同じかもしれない。

花火大会の会場へは、途中で一回乗り換えがあって三、四十分といったところだろう。

最初に乗った電車は運よく座れたが、乗り換えるともう空席はなくて、奥のドアと座席の角に涼のベビーバギーを置いて、二人で囲むように立った。

絵梨とは道中いろいろ話をしたが、妻を病気で亡くしたことを言うと、すでに彼女は知っていたのでびっくりした。

「高塚さんからチラッとそんなことを聞いたので。高塚さんとは、前に同じテニススクールに通ってたことがあって、その縁でヨガ教室に誘われたんです、今度近くでやることになったからって」

なるほどそういうことかと納得したものの、さきほど一緒にやりましょうよと誘ったのは知り合いの教室だからなのか、という気がして、やや水を差された感じがした。

ところが、よくよく聞いてみると、美希とは特別仲がいいとか気が合うとかではないようだった。ヨガ教室のことも、久しぶりに街でばったり会ったときにその話になったのだという。

それで義和は、彼女の親しみのこもった誘いをそのまま受け取ることにした。すると、にわかに気持ちが浮き立つのを感じて、まるでガキのようだと、内心照れくさくなった。

電車は花火大会に向かう人たちで混んできて、絵梨は邪魔になりそうなベビーバギーをたたんで、涼を抱っこした。

抱き上げた瞬間、涼の体が豊かなバストを圧迫して、撓んだノースリーブの脇から淡い黄色のブラジャーが大胆に覗き見えた。

視線に気づいたのかどうか、絵梨が抱え直すと今度は丸い襟口の中央が撓み、双丘のかなりの部分が露わになった。それでもブラのカップはほんの少し見えただけだった。

子育てに忙しい彼女が、やっとトップが隠れる程度のセクシーブラを着けていると知って、また少し印象が変わった。夫は月に一度帰ってくるだけなのに、日常的にそんな下着を身に着けている。ただオシャレなだけとは違うような気がしたのだ。

義和はたたんだベビーバギーを持ってやったが、次の駅でさらに混雑がひどくなると、バギーは隅に立てかけ、絵梨たちが押しつぶされないように、ドアに手をついてガードしてやることにした。

「だいぶ混んできましたね。大丈夫ですか」

「ええ、すみません。一緒に来ていただいて、かえって申し訳ないことになってしまって」

そんなことは気にしないでと言いながら、義和は心が沸き立つのを抑えられない。混雑のせいで必然的に絵梨と体が接触することになったのだ。

すでに絵梨の肩から肘までが胸に当たっている。下半身はまだ触れていないが、それも時間の問題だ。混雑は花火会場の最寄り駅まで続くだろうから、次の駅でさらに混めば股間が触れてしまうのは避けられない。

そのとき絵梨がどんな表情を見せるか、ヒップの感触はどうか、いろいろ想像が先走って、早くも逸物が強張りだしていた。

ドアに手をついて突っ張るだけではガードしきれないので、片手で網棚の端をしっかり摑んで、後ろから押されるのを堪えているが、懸命になっている様子は絵梨にも伝わったようだ。

次の駅に着くと、さらに人が乗ってきた。義和はいよいよ抗しきれなくなったように下半身を密着させる。だが、腰の向きを少し変えて、あえて股間が当たるのを避けた。

懸命に避けたようにみせて太腿同士を接触させたが、逸物は狙い通り、微かにヒップに触れている。鼠蹊部から竿の横合いにかけて、つんと張り出した尻肉の柔らかさが感じられて心地いい。

「大丈夫？　苦しくないですか」

「……はい」

絵梨の声が急に小さくなった。抱っこした息子を気遣いながらも、義和と密着したことで緊張しきっている様子だ。

義和はほくそ笑んで、電車の振動に任せて少しずつ、巧妙に逸物の接触を強めていった。

そして、揺れた瞬間、押されたように装ってしっかり押しつけると、そのままになった。何とか腰をずらそうとするが身動きできない、といった演技が自然にできていることに密かな歓びを覚えた。

しかも、これ以上ないくらい申し訳なさそうな表情を作り、絵梨にちょこんと頭を下げてみせた。

「す、すみません……ちょっとまずいな、これは……」

すっかり困り果てたように言いながら、昂奮を抑えることができない。他の乗客に聞こえないように耳元に近づき、熱い吐息で囁いたのだ。シャンプーの匂いが鼻腔をくすぐり、茶色の巻き毛が口元を心地よく撫でた。

絵梨のうなじから頰のあたりが、みるみる桜色に染まっていく。押し当てた逸物が硬く膨張していくのだから無理もない。

それでも困った顔にはならなくて、心ここにあらずといった表情をしている。ヒップに当たっているものに神経を集中させているのが、手に取るようにわかった。

再び揺れると、躊躇うことなく強張りをぐりっと押しつけた。尻肉に柔らかく埋まる感覚は、甘美な刺激に満ちていた。

「……ご、ごめんなさい」

また耳元で小声で囁いた。

絵梨は吐息がかかると、ぞくっと感じたように身を竦め、こくんと頷くまでに少し間が空いた。

ヒップに当たった硬い棒のことを、彼女はどう思っているのだろう。先週のレッスンであれだけ興味津々だったから、嫌がっているとは考えにくい。もしかすると、目にした大きさと実際に触れた感触の違いに驚いてるかもしれない。

——旦那のと比べてるのか。

美希にも佳緒理にも感心されたことで、義和は逸物にかなりの自信を持っていた。夫のペニスより大きい可能性は高いと思うので、したたかな気持ちで押しつけている。

「す、すみません、ヤバイことになってて……まいったな、もう……」

勃起をことさら意識させるためにそう言った。何とかしようというふりで懸命に腰をよじったが、そうすることで、いい感じにペニスが揉まれて、ますます硬くいきり立っていく。

絵梨の尻肉は美希や佳緒理よりもさらに柔らかく、亀頭から睾丸までまんべんなく押し当たるのが気持ちいい。身長が義和より頭半分低いので、ちょうどいい位置に当たっている。

美希にやったように、真後ろからぴったり重なって、セックスさながらに腰を使えたら、どれだけ大きな快感が得られるだろう。この場でそれは不可能だが、想像すると勝手に腰が動いてしまいそうになる。

次が最寄り駅のひとつ手前だが、そこでまたさらに混み合った。義和はもう〝ふり〟ではすまなくて、本気で力いっぱい手を突っ張ってようやくガードできる状態になった。

だが、おかげで密着度はいっそう高まって、絵梨の背中を抱くような恰好で、胸から股間、太腿、膝の上までぴったり重なった。屹立したペニスが片尻をもろに圧迫して、発車したとたんに心地よく揉み込まれる。

最初は不可抗力を装っていたが、わざとやっていることを彼女も気づいていたのではないか、そんな気がしてきた。

もしそうだとしたら、迷惑そうな表情を微塵も見せないのは、この状況を仕方なく受け容れているのではなく、むしろ歓迎していると考えていいのかもしれない。

——だったら、この手が使えないのは悔しすぎるな。ここまで混まなければ、もっとオイシイことになったかもしれないのに。

義和は額に汗を浮かせ、腕がパンパンになるのを懸命に堪えた。

それでも絵梨の体を抱いている感触や、圧迫されるペニスの快感にすっかり酔ってしまい、至福の時間が少しでも長く続くことを祈っていた。

「お子さん、大丈夫ですか」

「涼くん、混んじゃってごめんね。もうすぐだから、我慢しようね」

周りが知らない人だらけなのに目を丸くしている子供を気遣うと、絵梨はやさしくあやした。その声は半ばかすれていて、昂ぶりがもろに表れている。頰の赤みもさらに増して、首から鎖骨のあたりまで染まっている。

——かなり感じてきたな……もしかして、濡れてるのか。

絵梨の秘処がどうなっているか想像すると、抑えが利かなくなりそうだ。もし手が自由だったら、触らずにはいられない。だが、この状況ではどうあがいても不可能だった。

——花火の会場も、すごい混雑だろうな……。

ふとそんなことが脳裡をよぎった。

まだ小さかった沙知絵を連れて行ったときの記憶を手繰ってみると、たしか駅を出るところからすでに混雑が始まっていた。二十数年前と現在では、人出も会場設定も異なるだろうが、大混雑は変わりないはずだ。

人混みと宵闇——花火会場を思い浮かべると、義和の胸はなおいっそう妖しい昂ぶりを覚えるのだった。

3

「これはすごい。やっぱり人気の花火大会は違うな」

「そうですね。正直、これほどだとは思ってなかったです」

駅を出ると予想通りの混雑ぶりで、交差点は信号待ちの人たちでごったがえしていた。電車が到着するたびに、大勢の人がすべてここに吐き出されるのだから、混み合うのはやむをえない。

若いカップルやグループ、家族連れ、仕事帰りらしい集団など、打ち上げ開始までまだ時間があるというのに、信号待ちの間でもすでに盛り上がっている。どう見ても花火見物だけが目的ではないようだ。

――いい感じに混んでるな。

義和はすでに花火そのものが目的ではなくなっていた。さっきの電車で逸物の押しつけは堪能したが、それが呼び水になって、新たな欲望に火が着いてしまったのだ。

混雑で体が接触するのを、絵梨は歓迎しているのではないか――それを早く確かめたいと、電車を降りたときからずっと考えている。

「どういうルートで行ったらいいか……とりあえず、信号を渡ってから考えましょう」

「そうですね」

広い会場へはルートがいくつかあるようで、信号を渡った先で人の流れが分かれているが、渡る前の混雑が半端ではない。

義和は息子を抱っこする絵梨の斜め後ろに立って、背後から押されないように庇う体勢を取った。腕が彼女の体に触れるか触れないか、ぎりぎりのところだった。

信号が変わる前にと思って、絵梨のヒップに軽くタッチしてみる。美希に教えられた、痴漢の様子見の挨拶だったが、生尻に直接触れたかのように感触がなまなましかった。

触れたとたん、絵梨の体がびくっと硬直した。明らかに義和の手だとわかる位置だったが、こちらを見ようともせずに固まったままでいる。頬から肩のあたりに緊張がありありと表れていた。

後ろで若い連中が盛り上がっているので、義和は背中を押されたふうを装って、チラッと後ろを気にしてみせた。すると絵梨は、〝なんだ、後ろから押されたのか〟といった、緊張が解けた目で若い連中を振り返った。

――いまの顔はどういう意味だ……。

義和はにわかに色めき立った。手が触れた瞬間、絵梨は意図的に触られたと思って身を強張らせたが、たまたま押されて触れただけだとわかって拍子抜けしたのではないか――そう見えたのだ。

普通はこの混雑で偶然触れたと思うはずであって、さほど気にしないでとりあえず振り返って確認するだけではないのか。

最初から義和がわざとやったと思うのは、電車内で逸物が押し当たったのを、不可抗力ではなく意図的だったと考えているからにほかならない。

――やはり気づいていたんだ。それでも嫌な顔ひとつしなかったのは……。

接触を歓迎しているからではないか。義和はその考えが的を射ている自信があった。絵梨の表情や仕種、声音など、反応のすべてを合わせてそう感じるのだ。

信号が青に変わる前にはっきり確認しておきたくて、もう一度ヒップに触れてみた。

同じように軽くタッチしたのだが、今度はしばらく触れたままでいる。後ろを気にして振り向いたりはせず、前の信号をじっと見つめる。これまでのはすべて意図してやったことだと宣言した上で、彼女の反応を見極めるためだ。

絵梨は手が離れないとわかって、みるみる体を強張らせた。それでも振り向かずにじっとしているのは、痴漢に触られて俯くのとまったく同じだ。

——これは行ける！

義和は昂ぶりを抑えきれず、快哉を叫んだ。

二人とも無言で信号が変わるのを待っていると、触れているヒップがどんどん熱を持って、なおかつ湿ってくるように感じられた。逆に絵梨の緊張は、溶けるように消えていった。

この信号は故障しているのかと思うくらい時間がたってから、ようやく青に変わった。

「さあ、行きましょう」

「はい」

ヒップを触った事実を、まるでなかったことのように平然と言うと、絵梨も平静に応えて歩きだした。

交差点を渡りきると、会場への道順を示した案内板が掲げてあった。

「どのへんで見たいとか、あります？」

「いえ、特に決めてはいなくて、どこでもいいんです」

「じゃあ、とりあえずこっちの方へ行ってみましょうか」

予約客のための有料観覧席へ向かう道路を外して、河川敷の自由に見られる広場のあるあたりを目指すことにした。

道路は混んではいても、きちんと流れているので、涼をベビーバギーに乗せていくことにした。

「腕が疲れたでしょう」

「ええ、ちょっと……」

ずっと抱っこしていたので、絵梨はけっこう疲れているようだ。義和も電車で力いっぱいガードしたせいで、腕がかなり張っている。

4

しばらく歩いてメイン会場の河川敷が見えてくると、周囲の人たちの盛り上がりもさらにアップしていた。

打ち上げ台に近い有料観覧席からはけっこう離れているが、道路から見下ろすと、河川敷の手前の方に屋台の出店が二列に並んでいて、その間を大勢の人で行き交っている。

その奥には自由観覧の広場があって、所狭しとブルーシートが敷き詰められている。おそらく席取りの人が来て、早い時間に埋まってしまったのだろう。

もう少し離れた場所でないと、ゆっくり花火を見られるところはないかもしれない。だが、見物客で混んでいないと、義和としては都合が悪い。

場所選びは難しそうだが、打ち上げが始まるまでもう少し時間があるので、とりあえず下に降りて屋台を冷やかすことにした。

再びベビーバギーをたたんで、絵梨が涼を抱っこした。涼は縁日のような賑わいがうれしそうで、とりわけ甘い匂いがする店に目をキラキラさせている。

義和は絵梨に断りを入れて、クレープを買ってやった。絵梨は礼を言って、涼が落とさずに食べられるよう、気を使いながら歩いていく。

ベビーバギーを引きながら後ろをついて行くと、見下ろすヒップがぷりぷり揺れて、目が釘付けになった。

夕方になって川の近くは風が強まり、薄いワンピースが優美なヒップの形を露わにしている。鋭角な下着のラインもくっきり浮き出て、それがひと足ごとに卑猥なよじれ方をして、触ってほしいと誘っているかのようだ。

義和は絵梨との間合いを詰め、だらりと下げた手でワンピースの円みを軽くなぞった。

絵梨の背中がびくっと反ったが、振り向きはしなかった。涼を気遣いながら人混みを縫って歩く。いまのが〝さあ、触りますよ〟の合図で、絵梨は〝好きにしてください〟と言っている。

両側の屋台を眺めるふりをして、近くにいる人の視線をチェックしながら、隙を見てまたなぞってみる。尻肉は股間を押しつけたときよりも遥かに柔らかく感じられ、義和はしだいに夢中になっていった。

絵梨はしきりに涼に話しかけしているが、そうやって羞じらいを隠そうとしているに違いない。

声がうわずり気味なのは、ただ恥ずかしいだけか、あるいはかなり感じてきているのか、いずれにしても義和のおさわりを甘受し続けるつもりでいるのは確かだった。

周囲の人の目を盗むのに慣れてくると、触り方がしだいに大胆になった。ヒップのカーブをなぞるのではなく、手のひらで尻を包んで撫で回すのだ。

——やっぱり、手触りが全然違う！

美希よりも、佳緒理よりも格段に柔らかく、そっと撫でるだけでプリンのようにぷるぷる揺れる。それでいて弾力があるので、生尻にペニスを押しつけたらどんなに気持ちいいだろうと思う。

最初はさわさわ撫でていたのが、そのうちに揉みあやすようになり、さらには尻の割れ目に指を這い込ませるまでになった。薄いワンピースなので、指先はアヌスのあたりまで届いているはずだ。

ただ、周りの人の目を盗んでこっそり触れるのは、せいぜい三、四秒といったところだ。もっとじっくり触りたくても、近くでこれだけ沢山の人が動いている状況では難しい。

絵梨は露骨に触られて羞恥にあえぎながらも、義和の手がすぐ離れてしまうので、ふらついたりして足取りが乱れるほどではない。おかげで不審に思われずにすんでいるのは確かだが、どこか腰を落ち着けられる場所があれば、それほど周囲を気にせずたっぷり愉しめるのに——そんなことを考えながら、人の波間を漂うように歩いていく。

そうこうしているうちに、会場内に設置されたスピーカーから打ち上げ開始の案内放送が流れ、見物客のボルテージが一気に高まった。

割れるような歓声があちこちで上がり、人々の視線がいっせいに打ち上げ台の方向に集まる。絵梨も抱っこした息子をそちらに向けた。

義和はここぞとばかり、彼女の真後ろに立った。

夕闇の空へ火の玉が細い尾を引いた直後、

ドスンッ！

腹に重く響く音がして、オレンジに輝く大輪の花が咲いた。

バラバラバラと割れる音が響く中、義和は絵梨の尻の中央に逸物を押しつけた。

会場の誰もが空を見上げている隙に、柔媚な肉をペニスで思いきり堪能する。

——おおっ！　なんだ、この気持ちよさは……。

思わず腰をぐいぐいやってしまい、

「あっ……」

絵梨の口から声が洩れた。

その声は歓声にかき消されたが、義和が慌てて腰を引いたのと、周りの人々が互いに顔を見合わせ、感動を口にするのがほぼ同時だった。

あのまま腰を使っていたら、おそらくバレていたに違いない。みんながいつまでも空を見上げているわけではないので、絵梨の声で救われたことになる。

「すごいね、涼くん。綺麗だったね」

絵梨にではなく涼に言ったのは、迂闊なことをしたと思って声をかけにくかったからだ。涼は打ち上げ音の大きさにびっくりして、小さな手を耳に当てて、目を丸くしている。

「おっきい音だったねぇ。びっくりしちゃったねぇ」

やさしくあやす絵梨だが、声に昂ぶりが表れて、夕闇でもそれとわかるほど頬を上気させている。花火に感動しているように見えて、実は違うのだと義和だけが知っている。

何発か続けて上がるのをその場で見ていたが、屋台の客の邪魔になるので、場所を変えることにした。

河川敷はけっこう離れた場所までブルーシートで埋まっているので、階段を上がって適当な観覧場所をさがした方がよさそうだった。

打ち上げ地点から遠ざかりつつ、どこかよさそうな場所はないかと歩いていると、立ち見の人が集まっている公園があった。それほど広くはないが、意外と花火がよく見える。地元の人に知られた穴場のようなところかもしれない。

「あそこにスペースがあるみたい」

公園の端の植え込みの前にけっこう空きスペースがあるのを、絵梨が目敏く見つけて指さした。

「ちょうどよさそうだね。行ってみようか」

義和はいい場所が見つかったと、別の意味で歓んだ。花火はよく見えるし、後ろが植え込みなので人がいない。警戒範囲がぐっと狭くなって、わりと自由に愉しめそうだった。

早速、そこへ移動すると、義和は絶好の見物場所だと確信した。背後に人がいないだけでなく、花火の方を向けば道路からもほとんど死角になるのだ。

日はすっかり暮れて、夜の闇に街灯がぼんやり浮かんでいる。花火もあたりを照らすほど近くではなくなったので、夜の暗さに紛れるにはちょうどよさそうだった。

——けっこう、彼女もそのへんに気づいていたのかも……。

絵梨も他の見物客の視線を意識しているので、目の届かない場所を彼女なりにさがしていたのかもしれない。

5

植え込みの前に落ち着くと、義和はバギーを置いて再び絵梨の真後ろに立った。しばらく何もしないで花火を見ていると、絵梨の背中が妙に強張ってきた。彼がどんなことをしてくるか、固唾を呑んでいるに違いない。

わざと焦らすように手出ししないでいると、絵梨は涼に話しかけつつも、チラチラ後ろを気にしはじめた。

——やっぱり、期待してるんだな。

義和は内心にんまりして、待たせるだけ待たせてから、ようやく彼女のヒップを撫でてやった。とたんに尻肉がぷるっと揺れて引き締まった。

周りの目が及ばないのを確認しながら、両手であからさまに撫で回す。愛撫というより、玩弄という言葉がぴったりくる手つきだ。

さらには絵梨の腰を両手で摑み、膨張した股間をヒップの真ん中めがけて押しつけた。逸物は極上の柔らかさに埋まって、歓喜の汁を滲ませる。

腰を引き寄せながらずんずん突き込んで、擬似野外セックスに突入だ。さっきの電車でできなかった分、露骨な腰使いで卑猥感を高める。

ペニスは瞬く間に硬く屹立した。強く押しつけてぐるぐる円を描き、柔らかな尻肉をよじらせる。

大きな花火が連続して上がり、見物客の歓声がさらに盛り上がった。義和も立て続けに腰を突き上げ、逸物を強く擦りつけた。

だが、それだけではすぐに飽き足らなくなって、ワンピースを大胆に捲り上げて、尻を丸出しにしてやった。

「あっ……」

絵梨が息を呑んで硬直する。かまわずハイレグショーツを太腿までずり下し、生尻を夜風に晒した。

——おおっ！

こんなところに月が出たかと見紛うくらい、つるんとした肌理《きめ》の細かい尻肌が剝き出しになり、今度は義和が息を呑んだ。

絵梨は懸命に裾を下ろそうとするが、片手で子供を抱っこしながらではなかなか難しい。義和は好きなだけ生尻を撫で回して、彼女の羞恥を煽った。

尻の割れ目に侵入すると、しっとり湿っている。最初はさらっとした汗だったが、奥へ進むと指先がぬるっと滑る。ずっと立ったままなのに蜜が染み出しているのだ。

秘裂をなぞって蜜を掻き出し、肉びらの周りやアヌスにまで塗りつける。すぐに一帯がぬるぬるになって、卑猥な指の戯れが絵梨をさらに煽り立てるらしい。涼に話しかける言葉が途切れてしまい、太腿をぎゅっと締めて、義和の手を挟みつけた。

「どうしたんですか。ひどく濡れてるじゃないですか」

耳元でいやらしく囁きかけると、絵梨は全身をぶるっと震わせた。

「並木さんが、そ、そんなことするから……」

潜める声も震えている。

義和はあらためて周囲を見回し、ここなら立ちバックで挿入しても気づかれる心配がないと確信した。多くの人が花火見物している後ろで堂々とセックスするなんて刺激的なのだと、胸を躍らせた。

逸る気持ちでなおも秘裂を擦り続け、肉びらを暴いてさらに蜜を掻き出した。ぬめった指で敏感な肉芽に触れたとたん、絵梨は腰をくねらせて、しゃがみ込みそうになった。

それでも声は抑えているので、さらに攻め続ける。すると、腰をよじって義和の手を締めつけ、何とか元に戻りはしても、またすぐにくねくねしてしまい、立っているのがやっとという状態になった。

不安定になったせいで、抱っこされている涼がむずかりだした。いったん手を止めてやると、絵梨は揺すってあやしたが、なかなか治まらない。

「ほらほら花火、綺麗だねぇ」

義和は花火で気を引こうとしたが、前に背の高い大人が多くいるので、そもそも涼には見えにくかったのかもしれない。義和にとって絶好の場所でも、涼には違ったようだ。

残念な思いであたりを見回すと、奥の方のすべり台が目に入った。上に涼を乗せれば、ちょうど見やすい位置になるし、絵梨も抱っこから解放される。

何より好都合なのは、後ろに人がいないことだった。すべり台が邪魔になって花火が見えにくいからだろう。

「あそこがいいんじゃないかな」

バギーを持って誘導すると、絵梨はワンピースの中で太腿にショーツが引っかかったまま、歩きづらそうに移動した。

すべり台は幼児用の低いもので、高さが大人の顔くらいなのでちょうどよかった。涼を上に乗せると、急に見晴らしがよくなって上機嫌だ。

しかし、はしゃぐと危ないので、絵梨は手を添えたままでいる。その分だけ胸元が無防備になっている。

義和はあらためて周りを確認した。すべり台の後ろには誰もいないが、横や前に何人か立っているので、注意しなければいけない。

――立ちバックは無理か……。

横の人に気づかれそうで、残念だが挿入まではできそうにない。

だが、ワンピースを捲り上げるのは容易いことだ。膝上十センチくらいの丈だが、ゆったりして柔らかいので、真後ろを捲り上げるだけなら裾全体がずり上がることはない。

公園の外は民家の壁で、しかも目隠しの生垣が植わっている。尻と太腿を剝き出しにしても大丈夫そうだが、絵梨はそこまで気づいていないようなので、面白いことになりそうだ。

早速ワンピースをたくし上げてみる。絵梨の斜め後ろに立って、わざとゆっくりやる。太腿の裏側が露わになり、さらに引っかかったままのショーツ、そしてついには生尻が夜気に晒される。

絵梨は後ろが気になって仕方ない様子だ。義和が真後ろにいないので、誰かに見られはしないかと気を揉んでいるに違いない。

裾を手に引っかけたまま、剝き出しになった尻をゆっくり撫で回すと、恥ずかしそうに腰をもじもじさせた。

義和はいつか電車でもこんなことをしてみたいと思いつつ、じわじわと秘処に迫っていった。

ぬめったままの秘裂に辿り着くと、蜜を後ろのすぼまりに塗りつける。とたんに絵梨は腰をくねらせ、尻を振っていやいやをした。かまわず嬲り続けると、なおも蜜が溢れて指の滑りがよくなった。

絵梨はびくんと肩を揺らし、あえぎ声を呑み込んだ。すぐ近くに人がいるので懸命に声を押し殺している。

だが、花火の音と歓声が大きくなったとたん、気が緩んでしまったのか、

「あっ……はあん……」

甘えるような声を洩らし、慌ててくちびるを噛みしめた。

その程度の声なら歓声に紛れて怪しまれることもないが、絵梨は恥ずかしくて

仕方ないようだ。

蜜穴の入口をさぐり、気を持たせるように円を描くと、俯いたきり身動きひとつしなくなった。指を入れられても声を洩らさないようにと身構えているに違いない。

はたして義和も、あらたまった気持ちで中指を突き立てた。潤みきった蜜壺はすんなり迎え入れ、奥深いところまで誘い込む。ぬめぬめして滑りがいいのに、ぴたっと指に吸着して離すまいとしているかのようだ。

ゆっくり抜き挿しすると吸着感がさらに増して、微細な蠢きを見せる。何かの海洋生物に吸いつかれたような感触が、妙になまなましい。

——ああ、チ〇ポ入れたい！

この場で挿入できないのが残念でならなかった。ペニスは硬くいきり立って、ズボンをもっこり押し上げている。

義和は指を入れたまま、絵梨の手を取って股間に持ってきた。包むように触らせると、とたんに中指が締めつけられた。

横目で隣の人たちを見ると、花火に夢中でまったく気づいていない。

「みんな花火を見てるから大丈夫」

熱い吐息で囁いた。手を離しても、絵梨は股間に触れたままでいる。

だが、隣は空を見上げているからいいものの、何かの拍子にこちらを見たら、股間に置かれた手がもろに目に入ってしまう。あまりにもスリリングな状況に、武者震いが起きた。

「ヨガ教室で、これをじっと見てたよね。あのとき、なにを考えてた?」

絵梨は何か言おうとしているが、くちびるをあえがせるだけで声にならない。気持ちの昂ぶりを、義和の中指に教えてくれる。

「なに考えてたの?」

「べ、べつに……すごく大きくなってて、ビックリしただけ」

抑えた声でやっと答えたが、かすれてうわ言のように聞き取りにくい。

「高塚さんが股関節揉んでたときも、横でこっそり見てたよね」

激しく首を振って巻き毛を揺らす。否定というより、羞恥の表れだろう。隣が気になったが、相変わらず花火に夢中なままでよかった。

義和はこの恥ずかしがりやの熟女が可愛く思えてきて、もっともっと煽ってやりたくなった。

「触ってみて、どんな感じかな」

「やっぱり大きい……それに、硬いわ」

熱に浮かされたような、ふわふわした声だが、すんなり言葉が出てきた。義和はますます心が躍った。

「旦那さんとは、どう？」

絵梨が口を噤んだので、よけいなことを言ったかと焦ったが、少し間が空いただけだった。

「全然違う」

きっぱり言うと、ずっと触れているだけだった逸物を、そっと握ってきた。これは面白いことになったと思い、黙って様子を見守ることにした。

絵梨は何かがふっ切れたように、急に積極的になった。軽く握るだけでなく、長さを計るように根元の方までなぞったり、亀頭の大きさを指先で触って確かめたりする。

「もっとやって……気持ちいいよ」

義和は心地よくて、自然に甘い声が出た。絵梨はしっかり握って上下にしごきはじめた。本当は欲望に正直な女であって、羞恥心がそれを邪魔しているだけではないか——そんな気がしてきた。

再び指を抜き挿しすると、とたんに腰をくねらせ、勃起を強く握った。蜜壺は絶え間なく蠢き続け、指を離すまいとしている。ちょっと抽送を速めるだけで、きゅきゅっと引き攣るように収縮する。

絵梨は必死に声を殺しているが、花火の音や見物人の声が大きくなると、どうしても気が緩んでしまうらしい。ときおり鼻にかかった甘い声が洩れて、そのたびにハッとなって身を強張らせる。

義和はそれが可愛く思えて、わざと抜き挿しを激しくして、声が出るように仕向けた。

それでも絵梨は、気を取り直したように肉竿をしごきだした。快感にあえぎながらも、一所懸命に揉み込もうとしている。

義和はしばらく自由にさせてから、突然激しい指使いで攻めたてた。絵梨はぎゅっと握ったままになって、必死に声を押し殺した。

ふと気がつくと、周りの人たちがざわざわ落ち着かない様子で、あちこちで話し声が大きくなっている。

耳を傾けると、いよいよフィナーレが近いことがわかった。最後に派手な連続打ち上げで幕を閉じるようで、それを期待して盛り上がっているのだ。

――こっちもフィナーレと行こうか。最後は派手にイッてもらおう。

溢れた蜜を掬ってクリトリスを嬲り、続けて秘穴に挿入すると素早い抜き挿しで攪拌する。

「んっ……んんっ……」

みなが夜空を見上げる中、絵梨だけが俯いてくちびるを引き結んでいる。

義和は激しく抽送しては引き抜いて、クリトリスを擦ってはまた抽送を繰り返した。

絵梨はただ肉竿を摑んでいるだけで、もう何もできなくなった。

ふいに夜空が明るくなった。大きな光の花が咲き乱れ、大歓声が沸き上がる。

フィナーレの連続打ち上げ、スターマインが始まったのだ。

義和は躊躇うことなくスパートをかけた。こちらは蜜壺と肉芽の連続攻撃だ。

絵梨は急上昇する快感に腰を震わせ、懸命に声を押し殺している。

だが、賑やかな周りの音や声が誘い水になって、堰《せき》が切れたように悩ましいよがり声を上げてしまった。

「あっ……ああん……イッ……イイーッ……あああーっ！」

夜空で爆ぜる花火の大音響と沸き立つ歓声が、それを見事にかき消してくれた。

再び夜の闇が空を覆ったとき、絵梨は全身の力が抜けて、断続的な収縮で快楽の余韻を引くだけになった。

エピローグ

1

華麗な花火が夏の夜空を彩る中、腰を震わせてアクメに達した絵梨だが、彼女にとってそれはフィナーレではなく、肉欲に火を着ける結果になったようだ。

疲れて眠ってしまった涼をベビーバギーに乗せて帰る道すがら、頬を紅潮させたまま、瞳の奥に媚光を湛えているのを見て、義和は彼女の中で快楽の火が消えずに燻っていることを確信した。

もやもやが続いているという意味では、彼も同じだった。思いがけず絵梨と急接近して、ずっと勃起状態が続きながら、ついに挿入は果たせなかった。このままでは終わるに終われないと、張りの残った逸物が訴えている。

駅の改札を出て、絵梨のマンションまで送って行くことになったとき、お互いの心が決まったのを感じた。

マンションに到着すると、エントランスで立ち止まることなくすんなりエレベーターに乗り込んだ。他に乗ってくる人はなく、絵梨が七階のボタンを押すと、すやすや眠る涼のバギーを置いて二人は抱き合った。

くちびるを重ね、どちらからともなく舌を入れた。擦り合い、からめ合い、貪るようなくちづけはしかし、あっという間に終わってしまった。

絵梨は廊下を歩きながら手早く鍵を取り出し、隣近所の住人に見られないよう、急いで義和を招き入れた。

ドアを閉めるなり、施錠するのももどかしく、再びくちびるを重ねる。絵梨はいっそう激しく舌をからめてきた。薄い舌で小刻みに舐め叩いたかと思うと、義和の舌を強く吸ったりもする。おっとりしたもの言いや、柔和な表情からは想像できないほど濃密で、情熱的なディープキスだった。

それでいて、くちびるが離れると急に含羞《がんしゅう》の面持ちで俯くのだ。激しく貪ってしまった自分を羞じらうようで、性欲の深さと羞恥心の強さ、その両面を持ち合わせた女だというのがよくわかる。

「よく眠ってる」

部屋に入ると絵梨は、息子を寝かせて寝室のドアを静かに閉めた。リビングで睦み合うつもりらしいが、義和は違うことを考えていた。

閉めたドアをまた開けて、絵梨を寝室に連れ込む。

「えっ？　こ、ここはダメよ。向こうにしましょ」

「いや、いつも旦那としてるところがいいんだ。それに涼くんも寝てるし」

「そんな……」

予期しないことで絵梨は戸惑っているが、寝室なら思いきり羞恥をかき立てられる。そして、もしそれがふっ切れたら、彼女がどんなふうになるのかも見てみたかった。

寝室にはシングルベッドが二つ並べてあった。涼を寝かせた方が絵梨のベッドだろう。義和は手際よくワンピースを脱がせると、空いている方に彼女を横たえた。

「こんなところで……」

横でぐっすり眠る息子に目をやって、絵梨は声を押し殺した。部屋の明かりは落としてあっても、恥ずかしそうに頬を染めているのがわかる。

「よがり声を上げると、涼くんが起きちゃうからね」

背中に手を回してブラジャーのフックをさぐると、絵梨はいまにも泣きそうに顔を歪め、訴える目で見つめる。

かまわずブラを取り去ると、たわわな乳房がまろび出た。仰臥しても形よく盛り上がって、見るからに弾力がありそうだ。

やんわり摑んで揉み回したり、搾ったり、存分に感触を愉しんだ。揉みあやす手に貼りついて、乳房は自在に形を変える。思った通りの弾力だが、意外なほど柔らかくもあり、公園で暴いた生尻の感触を思い出させた。

「気持ちいいな、この手触り。ぷるぷるしてる」

そっと耳に触れて熱い吐息で囁くと、絵梨は肩を震わせ、くちびるをあえがせた。乳首を摘まんでくりくりやると、

「あん……」

細い顎を浮かせて、甘い声を洩らした。すぐに隣のベッドを見て、涼が目を覚ます気配がないことを確認すると、くちびるを引き結んで瞼を閉じた。

義和は乳首をねろねろ舐め転がし、口に含んで軽く歯を立てた。

「んっ……んんっ……」

声を殺して快感を露わにするのがやけに色っぽい。声が出てしまうくらい攻め嬲れば、さらに妖艶な人妻が見られそうだ。

執拗な舌使いで舐めしゃぶり、吸い立て、甘咬みを繰り返し、もう片方の乳房も揉みしだいて乳首をいらった。

絵梨は仰け反ってあえぎながらも、必死に声を殺していたが、くぐもった声が出てしまうと、枕を摑んで口に当てた。それでも呻くような低い声がときおり洩れて、快感の高まりを抑えきれなくなったらしい。

「もっと……もっと強く咬んで」

意外にも絵梨は、羞じらいを振り払うように、さらなる快感を求めてきた。望み通り乳首を強く咬んでやっても、もっと強くと言い、なかなか満足しない。

これでは千切れてしまわないかと危惧するくらい強く咬んだとき、顔を覆った枕の下で咆《ほ》えるような声がして、大きく腰がくねった。

加減がわかって、義和はさらに攻め続ける。

乳首を嬲りつつ、ショーツに手を差し入れると、秘毛の丘を越えた谷間は熱く泥濘《ぬかる》んでいた。

「すごいね、ぐっちょぐちょじゃないか」

いやらしい声で言うと、絵梨は枕に顔を埋めたまま全身でいやいやをした。

肉びらはすでに開いて、ぬめった粘膜をさぐると簡単に指が入ってしまった。何やら生き物の巣に嵌まり込んだようで、妖しい蠕動でさらに奥へ引きずり込もうとする。

ゆっくりした抜き挿しで、卑猥な動きがよりはっきりしてくるのを愉しんでいると、断続的に起きる収縮も、しだいに強くなっていく。

ふいに絵梨が枕をどけて、息をあえがせながら、

「……な、舐めて」

かすれる声で言った。歯を立てるのをやめて乳首を舐めてやると、首を振りながらショーツの中の義和の手に触れた。

「……違うの、ここを……舐めて」

思いきって口にしたのだろうが、あとの言葉は消え入るようだった。逆の言い方をすると、言うのは恥ずかしくても欲求はさらに高まっているということで、やはり肉欲は深く、それを羞じらう気持ちも強いのだ。

「舐められるの、好きなんだ」

ショーツを足から抜き取ると、絵梨は縋《すが》るような目をして首を振った。

「好きじゃなかったら、舐めてなんて自分から言わないだろ」

すると、口を噤んだまま顔を背けてしまう。義和は濡れそぼつ秘処をいじりながら、なかなかクンニを始めようとしない。舐められるのが好きだと言わせたいのだ。

たまに皮の剝けた肉芽にちょこんと触れたりして気を持たせると、絵梨はしだいに焦れてきて、ようやく口を開いた。

「主人はしてくれないから……」

さらに詳しく聞くと、一度夫に言ったことはあるが、あっさり断られたという。それでもう言えなくなってしまったが、どうしても経験したいので、思いきって義和に頼んだらしい。

クンニを嫌がる男がいるとは信じ難いことだが、未経験でありながらそれを望む熟女というのは希少価値がある。

そういうことなら思いきり気持ちよくしてやろうと、ショーツを脱がせ、脚を広げさせて屈み込んだ。厚ぼったくなった花びらが、撚れて大きく開いているところへ顔を近づける。酸味を予感させる醗酵臭が、ぷんと鼻を衝いた。

「女の匂いがするね。いい匂いだ」

「嘘よ……そんなに嗅いじゃだめ……ああん、もう……」

鼻をくんくん鳴らすと、絵梨は身も世もないといった風情で腰をくねらせ、秘処を手で隠そうとする。だが、寸前で思い留まり、止めた手のやり場に困って宙に浮かせたままになった。

義和は内腿を舐め、花びらの外周りを舐め、ゆっくり焦らすように進んで行って、敏感な肉の芽をちろっと舐めた。

「あうっ！」

あえぎ声とともに、絵梨の腰がびくんと跳ね上がった。思った以上に大きな反応だった。義和は面白くなって、肉芽を集中的に攻めだした。

「ああんっ……んっ……んんっ……」

腰がくねってしまうのを両手で押さえて舐め上げる。

絵梨は隣で眠る息子を気にして、また枕に顔を埋めた。

それでも容赦なく攻め続け、舐めたり弾いたり、くちびるをすぼめて吸い上げたりする。吸引しながら舌先でちろちろやると、絵梨は呻き声を必死で押し殺して、腰をがくがく震わせ、身をよじって悶えた。快感が高まる一方であることは明らかだった。

このまま一気にアクメに導こうと、義和はクンニに加えて指を入れ、Ｇスポットをさぐった。ざらついた内壁を小刻みに圧迫しながら、クリトリスをねぶり、吸いつき、舐め叩いた。

溢れた蜜がぴりぴり舌を刺すが、それも昂ぶりに拍車をかけ、いっそう激しい舌使いを煽るだけだった。

「んんんっ……んあっ……あんっ！」

仰け反って腰を暴れさせるうちに、枕がずれて甘い声が洩れた。もう隣のベッドを気にしている余裕もなく、頂上めがけて真っすぐ駆け上がる。

義和も最後の追い込みをかけ、手が攣りそうなのも厭わず蜜穴を攻め、肉の芽を嬲り続けた。

「んっ……んっ……んんんっ！」

絵梨は搾り出すような呻き声とともに、腰をがくんと大きく跳ね上げ、それきりベッドに沈んで動かなくなった。ただ、秘孔は断続的に収縮を続け、指に吸着した粘膜もしばらく蠢動をやめなかった。

ぐったり放心状態の絵梨から離れると、義和は着ているものをすべて脱ぎ捨てた。若返ったように天を衝く肉竿を、これ見よがしにしごきながら、絵梨の傍らで膝立ちになった。

焦点が定まらない目をしていながら、逞しいペニスを視界に捉えると、絵梨はのろのろ手を伸ばしてきた。義和は仰臥して、とりあえず彼女の好きにさせることにした。

「生で触れて、うれしい？」

「うれしいわ。ホントに立派なのね……」

絵梨は根元から亀頭まで、じっくり感触を確かめながら矯めつ眇めつする。ヨガ教室で会ったときは、まさかこんなことになるとは思わなかっただろうと、瞠目していた絵梨の顔が脳裡をよぎる。だが、

——あながち、そうとも言いきれないのか……。

2

夕方、一緒に花火大会に行かないかと誘われたことを思うと、すべてが彼女の

思惑通りだったような気もする。

義和の想像を断ち切るように、ペニスに甘い衝撃が走った。絵梨の舌が亀頭をぬるっと舐め回したのだ。

「うっ……」

思わず声を洩らすと、すっぽり咥え込まれてずるずる舐めしゃぶられた。ゆっくりしたストロークで、深く咥えては吐き出す動きがスムーズだ。軽く吸いながら舌が細かく動くので、どんどん気持ちよくなって、脳天まで痺れそうな気分にしてくれる。

「ああ、気持ちいい……おしゃぶり、巧いんだね」

「んむぅ、んんっ……」

そんなことないと言うように首を振ると、思わぬところに歯が当たってこそばゆい。すぐに上下動に戻ると、ストロークが速まった。揺れる巻き毛で下腹をくすぐられ、肛門にまで響く気持ちよさだ。

──クンニは未経験で、フェラがこれほど巧いとは……どういうことだ？

夫にフェラチオを教え込まれたことは想像に難くない。一方的に奉仕を求めるような、自分本位のセックスをする夫の姿が見えてくるようだった。これほど深い性欲の持ち主なのに、と思わずにはいられない。

——とにかく、この逸物で思いきりイッてもらうだけだ。

すでに勃起していたので、巧いからといってずっとフェラを続けられては、早々に危ういことになりそうだ。

体を起こして結合を促すと、絵梨は仰向けになり、唾液まみれのペニスを目で追った。

脚を開かせて腰を据え、淫蜜まみれの秘孔に狙いを定める。大きく張った亀頭をあてがうと、花びらが広がって先端がわずかにぬめり込む。そのまま押して蜜穴を割り開き、ゆっくり奥まで突き入れた。

「ああっ……んむっ……」

絵梨はあえぎ声を素早く枕で塞いだ。

抜き挿しするペニスに、熟れた粘膜がぴったり吸いついて、しきりに蠕動を繰り返している。抜き挿しを速くすると、淫靡な蠢きがわからなくてもったいない。だが、軟らかな肉を抉る摩擦感が気持ちよくて、勝手に腰が動いてしまう。

ストロークが速まっても緩めても、どちらも気持ちよくて、義和はしだいに惑乱しはじめた。腰の動きを制御できなくなりそうだ。

ふいに絵梨が枕を横にやって、訴える表情で見上げた。両手を義和の腰に向け、止めるような仕種をするので、抽送を中断した。

「あの……」

「どうした？」

「上になっても、いいですか」

「騎乗位が好きなの？」

絵梨は照れたような曖昧な笑みを浮かべ、ちょっと首を傾げた。好きというわけでもないらしい。よくよく聞いてみると、ほとんど経験がないのでやってみたいのだそうだ。

ますます面白いことになってきたと、義和は歓んで仰臥した。さっきのフェラチオのとき以上に興味津々だ。

「自分で入れてごらん」

絵梨は素直に従い、ペニスを摑んで跨った。だが、秘孔にあてがっても、巧く角度が合わなくて滑ってしまう。もう一度やっても同じだった。

あえて手を貸さずにいると、焦れったい気持ちがかえって昂りを助長する。徹底して自力挿入を促すと、四度目でやっと迎え入れることができた。

心地よくて突き上げたい衝動に駆られるが、ぐっと堪えて絵梨に自分で動くように言った。

　すると、腰を持ち上げては沈め、持ち上げては沈めを繰り返すが、予想した通りぎごちない。

「そうじゃなくて……こんなふうにやってごらん」

　腰を摑んで前後に揺すってやると、どうにか動けるようになった。真剣な表情で、最初はゆっくり慎重に動いていたが、ふと表情が緩んだかと思うと、ややスムーズになった。

「これでいいんですね」

「そうそう、巧いじゃないか。その調子、その調子」

　多少おだて気味に言うと、さらに動きがよくなった。要領が摑めたというより、気持ちいい動き方を見つけたようで、表情がうっとりしてきた。

　亀頭が肉壺の内部で、義和の抽送とは違う当たり方をしている。それが気持ちよくて、自然に動けるようになったのだろう。

「いいよ。ああ、そうだ……それが気持ちいい」

　絵梨はやや前傾して、腰から下だけをくいくい振りはじめた。それが義和にも気持ちよくて、褒める声も甘い響きになる。

ますます調子が出てきて、腰使いはスムーズを通り越して激しくなった。たわわな乳房を揺らして夢中で腰を振る姿は、柔和な人妻とは別人のように卑猥だ。

「いやらしい腰つきだね」

「ああん、いや……恥ずかしい……」

そう言いながらも、卑猥な腰振りは続く。貪欲に快楽を追求する彼女に応え、義和は腰を若干迫り上げた。結合がさらに深まって、肉芽が擦れるのがいいらしい。性毛をじょりじょりいわせて、恥骨を激しく擦りつけてくる。

「ああん……ああ、いいわ……気持ちいい……あっ……」

絵梨は顔を仰け反らせ、熱に浮かされたようにあえいでいる。ときどき思い出して横のベッドを見るが、声を抑えていられるのはせいぜい数秒にすぎない。

「こんなの、旦那とやったら浮気がバレちゃうな」

「しないわ、そんなこと……絶対しない」

「それは残念だね、こんなに気持ちいいことができないなんて」

「ああん、いじわる言わないで……あっ……あっ……」

暗に関係の継続をほのめかすと、泣きそうに顔を歪めながら、動きがいっそう激しくなる。

義和はたわわな乳房を両手で鷲摑みにした。荒々しく揉みしだくと、ひしゃげて手からこぼれ出る。乳首をぎゅっと強く捻ると、とたんにペニスを締めつけてきた。肉壺直結の電源スイッチみたいだ。

なおも腰を迫り上げると、止められずにずんずん突き上げてしまった。射精欲が高まりつつあって、このままフィニッシュしようか迷ったが、正常位で果てることにして体勢を入れ替える。

絵梨も最後はそうしたかったようで、仰向けになると自ら脚を開いて迎える構えになった。

ペニスは白く濁った蜜液にまみれて反り返っている。覆いかぶさって秘穴をさぐると、軟らかな肉を潜ってあっさり埋没した。一呼吸置いてゆっくり抽送を始めるつもりが、快楽に負けて最初からどんどん速くなる。

「すごいわ……大きいの、突いて……もっと突いて……ああん、いいわ」

絵梨の両肩をがっちり摑んで、腰をがんがん打ちつける。彼女は義和の首に両腕を巻きつけ、あえぎながら腰を押しつけてくる。

夢中でくちびるを重ねるが、お互いに悠長に舌をからめている余裕はなく、すぐに離れて荒い鼻息が交錯する。

組み敷いた柔らかな女体の厚みを感じながら、射精欲の高まりを計るが、ほとんど意味がないくらい、あっという間に切迫してしまった。

「もうだめだ、イクよ……」

「ちょうだい！　いっぱいちょうだい！」

心地よい浮遊感に包まれたかと思うと、急に目の前が真っ白な光で溢れ返った。

ペニスが大きく撓って、眩《まばゆ》い快美感に襲われる。

「おっ……おおおっ！」

「ああん、イッ……イク……イクゥーッ！」

引き攣るような緊縮を見せて、絵梨が全身を硬直させる。

義和は駄目押しの突き込みをくれて、果てた。

訪れた静寂の中、ぐったり横たわる二人は、横で寝返りを打った涼が大きく伸びをするのを、息を殺して見守った。

＊この作品は、書き下ろしです。また、文中に登場する団体、個人、行為などは実在のものとはいっさい関係ありません。

二見文庫

むれむれ痴漢電車《ちかんでんしゃ》

著者　深草潤一《ふかくさじゅんいち》

発行所　株式会社 二見書房
東京都千代田区三崎町2-18-11
電話 03(3515)2311［営業］
03(3515)2313［編集］
振替 00170-4-2639

印刷　株式会社 堀内印刷所
製本　株式会社 村上製本所

落丁・乱丁本はお取り替えいたします。
定価は、カバーに表示してあります。

ISBN978-4-576-15112-0
http://www.futami.co.jp/

二見文庫の既刊本

通勤電車 下着のライン

FUKAKUSA,Junichi
深草潤一

文具メーカーの総務部次長の正彰は、ある朝、最寄り駅のホームで派遣社員の明日香を見かけた。同じ電車に乗ることになってしまった彼だが、幾度かの乗降の間に、手が彼女のお尻に！　顔を見られないのをいいことに、指で蹂躙する正彰。以降、電車で悪戯を繰り返しつつ、社内では匿名のメモを使って彼女を追いつめていく……。書下し官能エンターテインメント！